The future is full of hope.

目　次

もしも、泣いているママがいたら。
ママを支える誰かがいたら。
泣いてください。
泣いて、泣いて、一緒に泣いて。
涙の種を蒔きましょう。
たくさん、たくさん、蒔きましょう。
涙の種はやがて芽を出し、いつの日か、色とりどりの花を咲かせるでしょう。
赤、青、黄色、緑。もしかしたら虹色かもしれない。
どんな花が咲くのでしょうか。
わくわくしながら待ちましょう。
涙の数以上の幸せがきっと、あなたに降り注ぐから。
これまでに見たことのない景色が、あなたを待っているから。
幸せを願って、努力すれば、誰にだって訪れる。
この朝日だって平等に降り注いでいるのですから。
未来は希望に満ちあふれていると信じて。

真っ白な世界が私の脳みそを数秒だけ襲った。病院の廊下を壁伝いに歩き、崩れ落ちるようにして椅子に腰かけた。携帯を持つ手は震え、その先にある深く優しい声に涙しか出なかった。

「ダウン症かもしれない」

はじまり

春の風はいつも私の心に不安を運び、暖かさとその匂いに少しだけ憂鬱になる。幼い頃からどうも春は苦手だった。

三つ年上の姉に言われるがまま、なんのこだわりもなくこの高校を選んだ。楽しみもなければ期待もない。未来に希望なんてなかったし、もしかするとそんなことすら考えていなかったのかもしれない。正直、夢は〝早くおばあちゃんになりたい〟だった。心が波打つことなく、静かで穏やかな高校生活を切に願っていた。

入学初日だっただろうか、ひときわ目立つ数人の男子の中に彼はいた。背は高く色黒で、その見た目はとても同い年には見えなかった。「どうか同じクラスにはなりませんように」と心の中で祈ったが、その願いは叶わなかった。帰り際の教室で、彼を含む数人の男子に囲まれ、あれやこれやと質問攻めにあった。私の穏やかな高校生活は初日で消滅したのだ。体も大きくとにかく目立つ彼は学年でも中心的な存在となっていく。どちらかと言えば苦手なタイプだったが、友達想いでとても優しく、みんな彼が好きだった。入学当初から、なんだか気に入られてしまい、たびたびアプローチを受けていたが、ずっと友達関係を築いていった。彼女と別れてはふらっと私のもとへ寄ってきて、そして私に断られ、また去っていく。それでもしつこいものだから、半ば仕方なく卒業後に付き合うことになった。

　そんなはじまりだったが、時を重ねていくうちに彼の優しい人柄に心がほぐれていく自分を見つけた。深い愛情を惜しみなく注いでくれる。私は彼に何度救われたことだろうか。次第に彼を心から愛するようになった。今思えば、彼との出会いが私の〝幸運な人生〟のはじまりだった。

　あれから十三年、二〇一五年一月二十四日。

夫婦となった私たちのもとへ、とても可愛い男の子が舞い降りてきたのだった。

〝子は授かりもの〟というけれど、どうやらこの子は〝預かりもの〟らしい。

大切に育てなさいと、誰かが私たち夫婦に託した命なのだと、今はそんな不思議な気持ちでいる。

妊婦生活

初めての妊婦生活は決して穏やかなものではなかった。その頃、会社勤めをしていた私はいつものようにデスクに向かい、パソコンとにらめっこをしていた。

「あれ？」急いでトイレに駆け込むと出血していた。妊娠が発覚してから一か月ほど経った頃だろうか。すぐにタクシーを呼んでもらい、母が看護師をしている病院へと向かった。心臓の鼓動がどんどん速くなり、「これはまずいかもしれない」と心の中で思った。

〝切迫流産〟。胎盤の一部が剥がれたようだったが赤ちゃんは無事だった。三八・八ミリメートルになっていた。仕事を抜け出し母が駆けつけてくれた。母の顔を見た瞬間、何かが切れたように涙があふれた。母の存在はいつも偉大だ。

母たちを想うと、いつも涙があふれてしまう。あの頃は「ごめんね」の言葉しか見つからなかった。けれど「ありがとう」と言わなければならなかったと、最近になって気づいた。当時の私は、ありがとうと言えるほど強くはなく、次々と押し寄せる波に息をするのが精一杯だった。とにかく泳がなきゃ。溺れるわけにはいかない。沈むわけにはいかない。

周りを気にする余裕などなかった。

　十週から十二週の頃、つわりがピークを迎えていた。悪阻、飢餓状態。入院を勧められたが断った。夫のいる我が家が一番いいに決まっている。バス停で蹲《うずくま》りながらバスを待ち、病院のＡＴＭでお金を下ろすことすらできないほど、立っていることもままならなかった。仕事は一か月ほど休んでしまったが、それでも毎日病院へ点滴に通った。辛いと思えば辛かったが、お腹の中で赤ちゃんが生きているのだと思うと耐えられたし、幸せに思えた。

　そんな酷いつわりも不思議なほどに、日に日に治まっていった。会社にも復帰し、その頃から恐ろしい体重増加がはじまった。優しい夫が和食中心の食事を毎日作ってくれた。おかげで夫が作ってくれている間はそれほど体重増加もなく、看護師さんに注意されることもなかった。そして、十五週という早さで胎動を感じた。小さな力で〝ぽこっ〟と蹴った。夫が手を当てるとまた、〝ぽこっ〟と蹴った。それからは毎日元気に動き回り、病院でエコーを診るたびに医師は「元気な子だね」と言った。とにかくよく動き、その元気の良さに安心しきっていた。お腹の中で動くたびに、今までに感じたことのない幸福感に包まれた。

そんな幸せなひと時も束の間で、今度は自身の甲状腺の数値が高いと言われ、内科を受診することになった。妊娠によるものだと分かったが、出産までの間、診てもらうことになった。

暑い夏が終わる頃、元気に動き回る子が男の子だと分かった。私は三姉妹の真ん中で育ったものだから、てっきり女の子が産まれてくるものだと思っていた。とびきり驚いたあと、じわじわと嬉しさが込み上げてきた。病院を出て夫に電話をかけ、そして父に電話をかけた。家族も友人もとても喜んでくれた。それが何より嬉しく、幸せだった。靴好きな夫は、小さなスニーカーをいくつも集めはじめた。そしてコンバースのオールスターが家族三人、お揃いになった。

十一月末で会社を辞めた。前々から子どもができたらしばらくは子育てに専念したいと思っていた。仕事で人に教え、人を育てるのとは訳が違う。何より、我が子と過ごせる時間を楽しみにしていたし、この時を本当に心待ちにしていた。それからはマタニティライフを楽しんだ。マタニティヨガなんてやってみた。友人家族と大きなお腹で京都旅行へも行った。母親学級にも参加して、出産・入院準備もはじめた。

秋から冬へ、あっという間に季節は移り、急速に大きくなるお腹にそっと手を当てた。「待っているからね」と何度話しかけただろう。たくさんの人たちが赤ちゃんの誕生を、今か今かと心待ちにしてくれていた。

静かで穏やか、波もさほどなかった私の人生。それがずっと続くと、当たり前だと思っていた。だが、その静かな水面は次第に揺れはじめ、小さな波が立ちはじめていく。その波は次第に大きくなって、私の心へとどんどん押し寄せた。波に引き寄せられるかのように、私の人生が静かに動き出していくのをなんとなく感じていた。

負けない強さ

束の間の幸せとはこのことを言うのだろう。

子どもを授かることも、元気に産まれ育っていくことも、奇跡なのだと思う。今までの人生、何不自由なく、元気に生きてきたこと、両親に心から感謝したい。親はどんなことが起ころうと、すべてを受け止め前に進んでいくしかないのだと、私の心も準備をはじめなければならなかった。

十二月中旬、エコーで久しぶりに我が子に会えると楽しみに病院へ向かった。助産師さんに体重が増えていなかったことを褒められ、母子手帳に〝頑張りました〟と書いてもらい嬉しくなった。今日はいつもの担当医ではなかった。母親学級の時にいろいろと説明をしてくれた男性医師だった。この偶然も、今思えば本当に幸運だった。

いつものように診察を受け、医師はふとこう言った。

「いい名前をつけてくださいね」

「もう決まっているよ」と心の中で思ったが口にはしなかった。

名前はずっと前から決まっていた。
〝希〟——まれ
レゲエの神様、ボブ・マーリーから頂いた名前。イタリア語で〝海〟という意味もある。
希は私たち夫婦の希望だ。

男性医師の口数が急に減った。何度も同じ場所をエコーで見ていることは分かった。

「うーん」と言ったり、何かぶつぶつと呟いたりしていた。そのうちに医師たちが集まりはじめた。担当だった女性医師も呼ばれ、男性医師と交代してエコーを診てくれた。

「大丈夫だと思うけどな」

担当医が、私の顔を見て言った。エコーが終わると集まった医師たちはまたそれぞれの診察へと戻っていった。

男性医師と二人きりになると、

「何か気になる」

そう一言言われ、待合室で待つように言われた。

担当医が大丈夫だと言ったのだから、それほど心配はしていなかった。再び診察室に呼ばれ男性医師はまた言ったのだ。

「ちょっと気になるところがあります」

どうやらいつも医師が見ている心臓とは違うらしい。なんだかよく分からないまま、念のために隣の地域にある小児医療研究センターへ行ってほしいと言われた。

「大丈夫だったらまたここへ戻ってくればいいから」

男性医師は優しくそう言ったが、もうこの病院へ戻ってくることはなかった。

ちょうどその頃、眼科勤務で外来にいた母へ声をかけ、夫にメールをした。バスに揺られながら見慣れた景色を眺め、それほど不安もないまま病院を後にした。

新しい病院はとても静かだった。いつもここに来ると、なんだか少し悲しくなった。この病院はこの辺りの地域でも有名な小児専門の大きな研究センターだった。これまた幸運なことに、家からもバスで三十分ほどの所にある病院だった。エントランスホールは天井が高く、カラフルな壁や所々に飾られている絵や展示物は、来る人の心を和ませるようだった。これまでも身内が入院していたこともあり、この病院には何度も来たことがあった。しかし自分が受診するのは初めてだったので、少々システムが分からず診察室の前でぼーっと座っていた。すると若い男性医師が声をかけてくれた。受付を案内してくれ、エコーの手続きもしてくれた。

「エコーが終わったら自分が診察します」

そう言うと優しい作り笑いをした。

廊下のソファに腰かけ、エコーの順番を待った。その間、たくさんの管に繋がれた子どもが前を通っていった。旦那さんであろう人に肩を抱かれ、泣き崩れる女性もいた。

やっぱり、ここへ来ると悲しい気持ちになると思った。

名前が呼ばれ自分の番がきた。真っ暗な部屋の、真っ暗な天井を見上げ、そして静かに診察がはじまった。医師が一人、また一人と増え、五、六人になった。

「先ほどはどうも」

と若い男性医師が現れた。エコーが終わると診察室へ案内され、先ほどの若い男性医師がすらすらと何か絵のようなものを描きはじめた。そしてまた、同じ優しい作り笑いで話しはじめた。

「心臓の病気は今ではそれほど珍しいものではありません。一〇〇人に一人はいるかな……」

その後はなんと言っていたのか、思い返しても思い出せない。ただこの時、なんとも言えない胸騒ぎを初めて経験したのだった。

もしこれがドラマのワンシーンだったら、ここで泣いて取り乱したりするのだろうか。ふとそんなことを考えたが、これは現実だ。声を発したらすべてがあふれてしまいそうで、ぐっと堪えながら静かに医師の手元を見ていた。その手元はとても滑らかに、少し変わった心臓を描いた。

〝両大血管右室起始症〟

お腹にいる間は大丈夫だと医師は言った。出産したら手術が必要なことも分かった。そして、この病院で出産するのだということも分かった。診察室を出ると、看護師さんが分厚いファイルを持ち駆け寄ってきた。これからのことを説明してくれるらしい。院内を説明しながら案内してくれた。けれど何を話してくれたのか、その内容はさっぱり思い出せない。

窓の外はもう真っ暗だった。長い、長い一日がもうすぐ終わる。そう思ったらやっと、涙が出た。

夫に電話すると、「すぐに行くから」と病院で待つように言われた。外のベンチに一人腰をかけた。澄んだ真冬の夜空には今の状況とはまるで似つかない、きらきらと輝く星空があった。夜空を見上げ、溜め息を一つした。

遠くから走ってくる夫の姿が見え、そして隣に座った。一通り説明すると涙があふれた。

実感がなかった。だってこんなにも毎日元気に動いているのに。母親だという実感だってない。それなのに、病気だと言われても。

もう、今日の分の涙は使い切ってしまっていた。

冷静に受け止めよう。産まれる前に分かったなんて幸運じゃないか。

翌日、夫が初めてお弁当を残して帰ってきた。食べられなかったと、夕飯の支度をする私の横で目頭を押さえた。「ごめんね」心の中でつぶやいた。辛いのは自分だけじゃなかった。苦しいのは自分だけじゃなかった。

「情けない」そう言って夫は泣いた。

大丈夫。

私には、あなたがいて。

あなたには、私がいる。


その後も何度かエコーを受けたが、結果は同じだった。

手術の成功率だとか、運動はできるようになるのかとか、自然分娩で大丈夫なのかとか。聞きたいことをすべて聞いたが、結局は産まれてみないと分からないのだと言う。あれこれ質問し、ある程度の答えを聞くとようやく気持ちに区切りがついた。知るということはこんなにも安心できるものなのかと思った。


十二月十八日、父の誕生日。

なんて親不孝なのだろう。自分からは病気のことを伝えられず、母が代わりに話してくれた。父からメールが届いた。

これは、神様が与えてくれた試練。
誰の責任でもない。
家族は皆、祈っている。
安心して出産の準備をしなさい。

父の強く温かいその言葉に、深く感謝した。
そして、心の中で念じるように、
「絶対に負けない」と、何度も何度も自分に言い聞かせた。

no woman no cry

仕事中の夫はふとこの曲を思い出したと話してくれた。
ボブ・マーリーの〝no woman no cry〟

ねぇ、泣かないで、ぼくの愛しい人
泣かないで、涙をふいて
自分の足が頼りだからね
このまま突き進むしかないんだよ
きっと大丈夫、何もかもうまくいくから
だから泣かないで、ぼくの愛しい人
輝かしい未来にだって、忘れられない過去はあるものだから
大丈夫
ほら、涙をふいて

息子が私たち夫婦を選んでくれたその日から、たくさんのことを教わった。今までに感じたことのない幸せ、芽生えた強さ、命の重さ、生きている奇跡。

あと、一か月。早く会いたい。

出産

お正月も静かに過ぎた。三十七週になると二八〇〇グラムにも成長していた。夫に似て少し大きめのようだ。予定日は二月一日。

一月二十二日、午前三時。お腹が痛くて目が覚めた。それからは不規則に弱い痛みを感じ、隣で寝ている夫を起こした。病院に電話すると「まだですね」と眠たそうな声の看護師に言われ、少し不安になった。そして寝不足のまま朝を迎えた。

ソファに座り、一日中携帯アプリの陣痛時計とにらめっこをした。夕方になるにつれ少しずつ痛みが増していった。お腹にそっと手を当て夫の帰りを静かに待った。

シャワーを浴びて、部屋を片付けた。意外にも冷静な自分にびっくりした。病院に電話すると「診察をするので来てください」と言われ、帰宅した夫と一緒にタクシーで病院へ向かった。

「子宮口が五センチ開いています」

そのまま入院することになった。

心は穏やかで、とても静かだった。嵐の前の静けさとはこのことだろうか。軽く食事を済ませ、少しだけ眠った。それからはひたすらに、痛みと闘った。

静かに、静かに、闘った。

途中まで順調に進んだお産だったが、なかなか頭が出てこない。体力もなくなり、とてつもない睡魔が襲う。酸素マスクを装着され、機械音が鳴り響く。私も、お腹の赤ちゃんもすでに限界を迎えていた。促進剤を打ち、次々とくる痛みに身を任せ、ひたすら息《いき》んだ。

まだ頭が出ない。

最後。

分娩台が上がる。

「赤ちゃんの頭を引っ張るから」

医師はこれが最後だと言う。病院に来てから十時間が経っていた。

次々に医師や看護師が分娩室に集まり、あっという間に部屋が人でいっぱいになった。

私は強い痛みと少々の恥ずかしさの中、分娩台の上からなんとも言えない不思議な光景を目にしていた。慌ただしく動く流れの中に、一人だけ時が止まっているような感覚だった。

上から眺めたその不思議な光景に、大きな声で私は言った。

「よろしくお願いします」

医師が言った。

「最後はお母さんの力だよ」

そして私は、人生最大の力を込めて息んだ。


希が、目の前に現れた。

そして、小さくもしっかりした声で泣いた。


隣にいた夫と目が合った瞬間、二人の目から涙があふれた。なんとも言えない最高の幸福感に包まれた。やっと会えたね。

ほんの数秒だけ、可愛い我が子は胸の上に寝そべった。お互いに、頑張ったご褒美。それは、それは小さく、でもしっかりとした体だった。自分のこの体で産んだのに、まだ実感はない。きっとこの先もないのかもしれない。実感はないがとてつもない充実感はあった。数秒間の幸せが終わり、希はＮＩＣＵ（新生児集中治療室）へと運ばれていった。

人でいっぱいだった部屋に夫と私、二人きりになった。さっきまでの光景が夢のように思えた。疲労困憊。二人きりで少しの間眠った。頑張った。

試練

希に会えたのは何時間ぶりだろう。たくさんの管に繋がれていた。抱っこしたくてもできなかったが、隣で眺めているだけで幸せだった。口をちゅぱちゅぱと動かし、おっぱいを吸う練習をしているのだろうか。小さな鼻と口。小さいけれど長い指、手、足。小さな体。少しだけ目を開けてこっちを見た。可愛くて、嬉しくて、また泣けてきた。医師から手術やこれからのことの説明を受け、しばらくの間入院することになった。

生きることは、ひとつずつ乗り越えていくこと。
幸せは越えていく力に宿る。
今を越えて、どうか希が幸せになりますように。
この涙が、笑顔に変わりますように。

「我が子に限ってそんなことはない」よく聞く言葉だ。分からなくもないのだけれど、そうは思わないようにしよう。いつ何時、何が起こるかなんて分からない。
「なんでうちの子だけが」これもやめよう。誰も幸せになれないから。決して母親は強くない。最初から強いわけではない。我が子の成長と共に強くさせられるのだ。なりたくはなくても強くならないと守れない。大切な我が子を守れないのだ。

乗り越えられない試練を神様は与えない。乗り越えられると信じられたものにだけに、その波はやってくる。波に身を任せ、力いっぱい泳ぐのだ。その先に必ず、素晴らしい世界が広がっている。

あの頃の私は、自分にそう言い聞かせていた。大丈夫、みんながついている。

ＮＩＣＵでの担当医が決まったと言われたのは、二日後の二十六日だった。

その日、初めて希を抱いた。両手にすっぽりと入る感覚がなんとも幸せだった。
「ママだよ」と話しかけた。

担当医は女性だった。小さく細い体には似つかない、力強い瞳が少し怖かった。そして、それは本当に突然だった。
「ダウン症の可能性があるので血液検査をしたい」

担当医はその強い瞳で真っ直ぐに私を見つめたまま、顔色ひとつ変えずに話を続けた。

一瞬にして時が止まった。

「ご主人が来たらまた話をします」と言われ、病室へ戻るように言われた。

理解するのにさほど時間はかからなかった。夫と母に電話をし、病室へ戻るとベッドに蹲《うずくま》り声を殺して泣き崩れた。人生でこんなに泣いたのは初めてだった。

夫と母たちが病院へ駆けつけた。その頃には自分に起きた出来事をとりあえず飲み込み、必死に受け入れようとしていた。

「ごめんなさい」

私は言った。

それは希がダウン症だということではなく、楽しみにしていた我が子の出産、孫の出産にこんなにも涙を流させてしまったことに対してだった。元気に産んであげることができなかった。誰のせいでもないと分かっていても、自分を責める以外に道はなかった。自分が辛いのは我慢できる。でも、大好きな人が、大切な人たちが辛いのは我慢できなかった。みんな笑顔でこの日を迎えるはずだったのに。

なんで私なの。なんで私たちなの。なんで、なんで。

それからは眠れない日々が続いた。それでも三時間おきにおっぱいが出るようにマッサージを続けた。今、希のためにできることはこれしかなかった。入院してからまだおっぱいは出ていなかった。

「このままずっと出ないのかな」

　本当なら直接あげられるおっぱいだが、希が飲むはずの三時間おきにマッサージをした。午前三時、涙で目も顔もパンパンに腫れていた。状況を知ってか、看護師さんが優しく手伝ってくれた。そして、希を想い流したたくさんの涙が一滴のおっぱいに変わったのだ。その瞬間から一気におっぱいがあふれ出た。なんだか想いが通じたような気がして、嬉しかった。〇・三五ミリリットルのおっぱいを持ってＮＩＣＵへ届けた。まだ飲めないけれど、いつか飲める時のために毎日少しずつでも届けよう。目標ができ、少しだけ前向きな気持ちになった。

　希はうつ伏せで眠っていた。自分で呼吸ができるようになるために、呼吸器を着けたり外したりして練習しているのだという。夜のＮＩＣＵは、真っ暗な中に色とりどりの光が散りばめられ、とても綺麗だった。小さな体でしっかりと呼吸している。その小さな背中をそっと撫でた。守るものができた。

血液検査の結果は一か月くらいで出るという。どんな結果であろうと、愛する我が子には変わりはない。すべてを受け止めようと心に決めた。

押し寄せる波

入院四日目。自分自身も検査を受けた。食欲もあり、血圧も問題なし。体重も五キログラム減った。いや、まだ五キログラムしか減っていない……。自分の体はどんどん戻りつつあるし、おっぱいも出るようになった。希を想うと胸が張り、本当に繋がっているような気がして嬉しかった。早朝、夜明け前のまだ暗い中おっぱいを届けることが楽しみで仕方がなかった。不思議なもので体はすっかり母親をしている。心だけが追いついていかなかった。

家族、大切な仲間にも報告し、今後の協力をお願いした。

「みんなで希を育てていこう」

そう言ってくれた。

私も夫も、人に恵まれた人生だった。

事情を知った友人たちは、次から次へと励ましの言葉を贈り続けてくれた。私の幼馴染と親友は、壊れそうな私を感じてか、家まで様子を見に来てくれた。姉は、自分たちのことはいいからと、私たち家族のことだけを考えてほしいと、いつも母に言っていたらしい。家族、友人と心強いサポーターがこんなにたくさんいる。それが今の私たちを支えるすべてだった。

一人ひとりの顔を思い浮かべ、「大丈夫」と何度つぶやいたことだろう。受け止めきれず、あふれてしまう不安や悲しみをみんなが受け取ってくれる。抱えきれない重たい荷物を、みんなが少しずつ持ってくれたのだ。希はこうなることを知っていたのか、なぜ私たちを選んだのだろうか。希はすべてを知っているように思えて仕方がなかった。

話したことで多少は楽にはなったものの、自分の精神状態が不安定なのは分かっていた。一人になると涙が出た。最初は、状況が分からず不安の涙だったが、次第にいつか希を失うのではないかという不安に変わり、怖くなった。今、この手に希を抱いていたら、毎日抱いて希を感じることができたなら、心にある小さな塊が取れるのではないか。夫と希と、三人並んで眠れる日を夢見ていた。

長い、長い一日がまた終わろうとしている。

恐れていた合併症が見つかった。

〝十二指腸閉鎖〟

21トリソミー（ダウン症）によく見られる合併症だという。

産まれてからの数日、管から入れたものが消化されずに戻ってきてしまう状況が続いていた。便も少し出ているし、原因が分からずにいたという。外科の医師に検査をしてもらうことになり、明日には結果が出ると言われたので待とうと思っていたところ、状況は急変した。「すぐにＮＩＣＵに来てください」と言われ、また一人医師から話を聞くことになった。すぐに手術が必要だと言われた。

次から次へと波は押し寄せる。

息ができない。今にも溺れてしまいそうだ。

母になることはこんなにも苦しく、辛いものなのか。

眠る希を撫でた。

涙が止まらなかった。

母親なのに祈ることしかできない。泣くことしかできない。何もできない。

翌朝から手術となった。

どうか、どうか、おっぱいが飲めるようになりますように。

手術当日は今年に入ってから初めての大雪だった。一週間の天気を見ても雪マークはこの日だけだった。窓の外の景色を眺め、より一層不安になった。手術はそれほど難しくないと聞いていた。二時間ほどで終わるという。それでも初めての手術は不安で仕方がなかった。自分の退院手続きを済ませ、搾乳をし、院内を歩き回り気持ちを紛らわせていた。

夫、母、義母、三人が手術室の待合ロビーで終わるのを待っていてくれた。

その間にも、雪はどんどん降り積もっていった。

次から次へと押し寄せる現実に、夫も私も心がついていかず、今にも壊れてしまいそうだった。

ずっと眠れていない。この一週間は夢の中にいるようだった。降りしきる雪の空を眺め、亡くなった祖父母たちにお願いをした。

どうか、連れていかないで。

幸せにするから、絶対に幸せにするから。

手術は三時間かかったが無事に終了した。大雪が雨になり、雨がやんだ。知らせを受けたのはちょうど搾乳をしていた時だった。後から聞いた話だが、手術後に医師の説明を一人で聞いた夫はトイレで泣いていたそうだ。この精神状態の中、ひたすら待つだけの三時間はどれだけ過酷だったことか。相当きつかっただろうと思う。

希はすやすやと、麻酔で眠っていた。

いつ見てもやっぱり、余裕の表情に見える。この子は本当に強い子だ。不思議と、これからまたやってくるであろう試練に必ず勝ってくれる、そう思えた。

「お疲れ様、頑張ったね、ゆっくり休んで」

そう声をかけ、一週間ぶりの我が家へ夫と二人で帰った。ぐっすりと眠ることができた。

翌日はたくさん寝たおかげか、晴天のおかげか、心は少し穏やかで落ち着いていた。夢から覚めたような感覚だった。ゆっくりとした朝を迎え、夫と二人で面会へ行った。酸素の管もおしっこの管も抜け、顔色がとてもいい。この回復力、さすがです。眠ってはいるものの、元気そうで安心した。まずは一つ、クリア。次はおっぱいを飲んで体重を増やし、次の心臓手術に備えることが目標。一つひとつ、クリアしていこう。

郵 便 は が き

料金受取人払郵便

新宿局承認

1409

差出有効期間
2021年6月
30日まで
(切手不要)

160-8791

141

東京都新宿区新宿1－10－1

(株)文芸社

愛読者カード係 行

ふりがな お名前			明治　大正 昭和　平成　　年生　　歳
ふりがな ご住所	□□□-□□□□		性別 男・女
お電話 番　号	(書籍ご注文の際に必要です)	ご職業	
E-mail			
ご購読雑誌(複数可)		ご購読新聞 新聞	

最近読んでおもしろかった本や今後、とりあげてほしいテーマをお教えください。

ご自分の研究成果や経験、お考え等を出版してみたいというお気持ちはありますか。

ある　　ない　　内容・テーマ(　　　　　　　　　　　　)

現在完成した作品をお持ちですか。

ある　　ない　　ジャンル・原稿量(　　　　　　　　　　　　)

書　名				
お買上 書　店	都道 府県	市区 郡	書店名	書店
			ご購入日	年　月　日

本書をどこでお知りになりましたか?

1.書店店頭　2.知人にすすめられて　3.インターネット（サイト名　　　　）

4.DMハガキ　5.広告、記事を見て（新聞、雑誌名　　　　）

上の質問に関連して、ご購入の決め手となったのは?

1.タイトル　2.著者　3.内容　4.カバーデザイン　5.帯

その他ご自由にお書きください。

（　　　　　　　　）

本書についてのご意見、ご感想をお聞かせください。

①内容について

②カバー、タイトル、帯について

弊社Webサイトからもご意見、ご感想をお寄せいただけます。

ご協力ありがとうございました。

※お寄せいただいたご意見、ご感想は新聞広告等で匿名にて使わせていただくことがあります。

※お客様の個人情報は、小社からの連絡のみに使用します。社外に提供することは一切ありません。

■書籍のご注文は、お近くの書店または、ブックサービス（0120-29-9625）、セブンネットショッピング（http://7net.omni7.jp/）にお申し込み下さい。

一喜一憂

二月二日。また黄疸の数値が高くなったとブルーのライトに包まれ、目隠しをされていた。あまり一喜一憂しないようにしているがなかなか難しい。外科の医師がレントゲン写真を見せてくれた。真っ白だったレントゲン写真に、ちゃんと黒くガスが通ったのが分かった。

「予定通りです」

医師がそう言った言葉に安心した。

今は安静が必要だが、そのうちおっぱいも飲めるようになると言う。その言葉がとても支えになった。

もともと、誰かと自分をあまり比べない性格が今は本当に良かったと思う。自分は自分。赤ちゃんにおっぱいをあげる人たちの中でもくもくと搾乳したが、それほど寂しくはなかった。ここには、大きなリスクを背負って産まれてきた子どもたちがたくさんいる。そして共に闘う母親たち、家族の姿がある。皆の幸せを心から願いたい。早く良くなりますように。

息子だからだろうか、不思議と産まれてから自分の身なりを気にするようになった。しっかりと化粧をし、おしゃれをして病院へ向かう。それはまるで恋人に会いに行くかのよう。

また一つ、希のためにできることを見つけた。それは、歌を歌うことだった。まわりには聞こえないようにそっと、小さな耳元へ、秦基博の〝アイ〟を届けた。時々言葉に詰まりながら、それでも穏やかに、優しく届けた。

ただ愛しくて、だけど怖くて
今にもあなたが消えてしまいそうで
夢のように
僕を見つめて、そっと笑って
瞳閉じてもまだ、伝わる温もりが確かにあるのに聞こえているだろうか。私がここにいることを、母が隣にいることを。分かっているのだろうか。握り返す手は、ぎゅっと力強かった。

一日、一日がとても長い。

夢なんじゃないか、時々まだそんな風に思う時があった。

これがマタニティブルーというやつなのか。家族でさえも話すのが苦痛なほど、心はきしきしと音を立てていた。そっとしておいてほしい。そんな気分だった。夫がしばらくの間休みを取ってくれているのが救いだった。夫と二人の時間は心が休めた。二人で病院へ通った。まだ目をしっかりと開けたところは見ていないが、眠りながらも力強く手足を動かしていた。泣きそうになって顔をくしゃっとしたり、あくびをしたり、私たちの手をぎゅっと握ったり。ただただ可愛くて、愛おしかった。早く一緒に暮らしたい。

夫と、希のこれからについて、互いの想いをたくさん話し合った。とにかく、楽しく暮らそうということになった。大変なことがこれからたくさん待ち受けているだろう。それでも、毎日を楽しく、子育ても楽しもうと決めた。

そして夫はこう言った。

「世界一おしゃれなダウン症にしよう」

夫らしい。皆が羨むほど、幸せになろう。

夫は久しぶりにいい気分で“people get ready”を歌っている。少しずつ霧が晴れていくような、そんな気分だろうか。少しの期待と不安を抱き、希に会いに行く。

黄疸の数値が下がって、目隠しが外されていた。そばにより二人で声をかけた。初めて、両目を少しだけ開けてこっちを見た。二人で顔を合わせて微笑んだ。ただ目を開けただけなのに、とても嬉しかった。

当たり前のことが、当たり前じゃない。目を開けることも、泣いて声を発することも、それだけのことだが、今はそれがとても大きなことだった。些細な出来事、一瞬の小さな出来事も嬉しかった。この気持ち、絶対に忘れてはいけない。

その翌日、目をぱっちりと開けて私たちを出迎えてくれた。本当に可愛い。この子は本当にダウン症なのだろうか。ふと、心の隅にまだそんな気持ちが残っていた。ダウン症の特徴である、小さい耳、低い鼻、柔らかい皮膚、だぼついた首、手の平にある猿線は当てはまっている。当てはまらないのは、おしゃぶりを吸う力が強い、手や足の力も強い、そして長い手足の指。当てはまることの方が多かった。

行き帰りのバスの中、どうやって育てていこうか、これはやった方がいい、とにかくずば抜けてできることや好きなことを見つけてあげよう、そんなことをいつも話した。

成長の鍵は親である私たちが持っている。私たち次第なのだと思った。この世界で楽しく、幸せに生きていけるように。親にはその責任がある。手探りだけどたくさん勉強し、知識を増やし、希の成長を応援したいと思った。本当の闘いはこれからだ。

次の日はまた雪。心臓の調子があまり良くないらしい。来週、まず一回目の手術をすることが決まった。本当なら、もう少しお腹の方が良くなってからという話だったが、どうやらそうもいかなくなってきたらしい。管から三時間ごとに三ミリリットルずつおっぱいを入れはじめていたが、まだ戻ってきてしまっていた。消化ができていないようで、もう少し時間がかかりそうだ。希自身は早く口から飲みたいと言うように、おしゃぶりを力強く吸って見せた。

胸が苦しい。不安の渦が、ぐるぐると胸の奥で渦巻いていた。この気持ちはいつになったらなくなるのだろうか。母は強いと言うけれど、どうやら子どもを産んだだけでは強くはなれないようだ。毎晩、携帯で撮った希の写真を眺めては涙が出た。どうか早く元気になりますように。

手術の日が決まった。〝肺動脈絞扼術〟という手術をする。循環器、心臓外科、麻酔科の説明を受けた。リスクがあろうと、手術をしなければ一歳を迎えることはできないと告げられた。そして、血液検査の結果も出た。あまりにも医師がさらっと言うので逆にショックを受けずに済んだのかもしれない。医師たちにとって、ダウン症はそれほどたいしたことではないのだ。病気を治す、それが医師たちの使命だからなのだろうか。

〝21トリソミー（ダウン症）〟

しっかりと、二十一番目の染色体が三本あった。

もう、とにかく生きてくれればそれでいい。

新たな波

気合いを入れるために、気持ちを整理するために、前に進むために、腰まであった髪をバッサリと切った。こんなに短くしたのは初めてだった。担当してくれていた美容師さんが広島に行ってしまっていたが、状況を伝えると飛んできてくれた。こんなにありがたいことはない。そして我が家のリビングが美容室になった。はさみが入るたびに心が軽くなった。優しい気持ちと、髪を切る音が重なり合う。とても幸せな時間が過ぎた。「よし、頑張ろう」と新たな気持ちになった。

希は、管から入れていたおっぱいが消化できるようになっていた。三ミリリットル、六ミリリットル、一〇ミリリットルと次第に量も増えていった。午前中はよく起きていて、体拭きも看護師さんが教えてくれた。医師や看護師、たくさんの人たちが希の名前を呼んでくれた。それがとても嬉しかった。

最近、なんだか体がだるい。産後から通院生活で、動き続けているからだろうか。少々ここにきて疲れが出はじめていた。久しぶりに家で昼寝をすることにした。昼間は明るく、暖かくてよく眠れた。そして二月十日、一緒に京都旅行へ行った友人夫婦の間に、第二子である男の子が誕生した。希の幼馴染だ。妊婦時代を共に過ごし、互いの出産を家族で楽しみにしていた。これから希と共に大きく成長してくれるだろう。久しぶりに心が穏やかになった。それから二日後、産まれたばかりの幼馴染の元へ会いに行った。母子ともに無事で何よりだと思った。なんだか希に会いたくなって、そこから病院へと向かった。

　希は少し苦しそうに見えたが、それでも起きている間は手足を力強く動かしていた。会いに来たのが分かるのだろうか、眠っていても頑張って目を開けてくれた。義母も会いに来てくれ、初めて抱っこをしてもらった。希が産まれて家族がまとまり、やり取りも自然と増えた。家族や友人との絆がさらに深まったような気がした。すでに、希が産まれてきた意味がここにある。

　今日は二〇ミリリットルもおっぱいを飲めた。消化もできているようで、戻ってくることもなくなった。浣腸をしないと出てこないが、便も出るようになった。手術になればまたしばらくおっぱいは飲めないのだから、明日までたっぷりと飲んでほしい。

　幸運なことに、執刀医はとても有名な医師らしい。手術にリスクはあるけれど、医師に任せるしかない。麻酔に二時間、手術に三時間の予定だ。生きるためには手術しか方法はない。選択の余地はどこにもない。

苦しくて、苦しくて、叫びたい。
なのに、目の前の我が子は可愛くて、可愛くて。
見ているだけでこんなにも幸せなのだ。
心が、天と地を行ったり来たり。休む間もなく動いている。
私の心はこのまま持ち堪えることが、果たしてできるのだろうか。
自信がない。

病院へ面会に行く生活にも慣れた頃、夫の長期休暇も終わった。
朝の情報番組で、槇原敬之が新曲の“Elderflower cordial”を歌っていた。

　ここを君においでよと言える場所にしたい
　本当に大事なものは何かぼくらは知っているはず

本当の意味とは違うのかもしれないが、この詞がそっと私の心へ入ってきた。帰っておいでよと言える場所。いつでも希が帰ってこられるように、家の中を毎日掃除した。そして、それ以上に自分の気持ちも整えなければいけないと思った。

すべてを受け入れよう。
今起きていること全部。
希のこと全部。

五時間を予定していた手術は三時間三十分で終わった。たくさんの管に繋がれて帰ってきた希は、青白く、弱々しかった。小さな胸には一〇センチくらいの傷跡が、とても大きく見えた。それでも生きている。頑張ったね。また一つ、乗り越えた。

私は無力だ。親になったのだから、母親になったのだから、何か変わるのかと思えば、何も変わらない。祈ることしかできず、無力すぎる自分に泣けてきた。息子のためにできることは何か、夫のためにできることは何か、どうやったら家族を守れるのだろうか。

誰か教えてほしい。

生き抜く力

自分自身の回復が、息子の回復に繋がる。

手術後、希はみるみると回復していった。二日後にはおっぱいを再開し、管から飲んでいた。さらに翌日になると、初めて哺乳瓶でおっぱいを二〇ミリリットル飲んだ。とても上手に、あっと言う間に平らげた。三〇、四〇と、日に日に飲む量は増えていった。希はとても満足そうに眠っていた。希自身が一番この瞬間を心待ちにしていたのではないか。嬉しくて、嬉しくて、病院へ来るのが楽しくなった。また一つ、乗り越えてくれた。

初めておっぱいを飲んだ動画を夫に送った。感動のあまり涙したという。

「希をなめすぎかもしれないけど、何かできた時の喜びが大きい」と夫が言った。

少しずつ元気になっていく。同じように自分自身が元気になっていくのが分かる。深く暗い海の底にようやく、小さな光が差し込んだ。その瞬間力が湧き起こり、両手を大きく掻いた。

超えていく力に、幸せはちゃんと宿った。

朝十時に病院へ来て、五階の休憩スペースで外を眺めながら軽い朝食を済ませる。一息ついてからＮＩＣＵへ面会に行き、体拭きをして、十一時のおっぱいを飲ませ寝かせる。搾乳をして、お昼を済ませ、希を眺める。また十四時のおっぱいを飲ませ、寝かしつけ、搾乳をし、希を眺める。ここ最近はこうして穏やかな入院生活を送っていた。もうすぐ一か月が経とうとしていた。大切なのは私自身が回復することなのだろう。心も体も回復することが、子どものためになるのではないかと思った。毎日毎日、自分自身にもできることを探した。きちんと食事をすることも、ぐっすり眠ることも大切だ。辛さや悲しみは、ぐっと我慢した。時間が解決してくれるだろうと、ゆっくり受け止めていくしかないのだ。

以前はこの病院へ来ると悲しい気持ちになった。あの子もこの子も可哀想で、とても辛いのだろう、そんな風に思っていた。でも今は違う。頑張っている子どもたちやその家族に、とても勇気をもらっている。結局、自分に何かが起きないと相手の気持ちを知ることなんてできないのだ。今まで自分は、本当に相手のことを考えて生きてきたのだろうか。うわべだけだったり、心無いことを言ったり、自分のわがままを通そうと傷つけたりしていたのではないか。自分は、生きることとちゃんと向き合っていたのか。生きることから目を背けてきたのではないか。

「生きたい」と言っている。

「生きよう、生きよう」としている。

なんだか、生きることとしっかり向き合うようにと言われている気がした。

希は医師も驚くほどの回復を見せた。管の数も減って身軽になり、お世話になった医師や看護師に見送られＮＩＣＵを出た。担当の看護師さんが、手作りのメッセージカードをくれた。そこには希の可愛らしい写真が貼られていて、小さな手形と足形もあった。私たちのいない間、ＮＩＣＵの人たちが父親、母親の代わりをしてくれていた。優しく希の名前を呼び、温かい手でそっと抱いてくれた。たくさんの人たちに希は救われ、私自身も救われていた。一人で母親はできない。守ることも、育てることも、一人ではできない。たくさんの人に救われた命を大切に、育てていこうと思った。

病棟は明るくて穏やかだった。窓際のベッドですやすやと気持ちよさそうに眠っていた。

初めて感じる外の光はどんなだろうか。顔色もとても良さそうに見えた。

退院の話が出はじめた。なんだか急展開で、夫も私も少々浮かれ気味だった。一か月健診も無事に終えた。家へ帰るにはやらなければいけないことがたくさんあった。おっぱいもまだ直接飲めていないし、沐浴練習もしていない。家に帰ってからの胸の傷のケアも心配だった。それでも、やるべきことが明確になるとやる気も出て、不安よりも楽しみな気持ちが勝った。

しかし、そんな浮かれ気分はほんの一瞬だった。今度は肝臓の数値が高くなってしまい投薬で様子を見ることになってしまった。手術の影響なのか、ダウン症であることも何か関係しているのか。これという原因は後になっても分からなかった。いつになったら元気になるのだろう。いつになったら家に帰れるのだろう。もう、充分頑張ったじゃないか。

退院がお預けとなり、また同じ毎日が続いた。沐浴も次第に板に付いてきた。母乳はなかなか吸えずにいたが毎日根気良く練習した。ダウン症の子どもは舌が長く、吸う力も弱いため、おっぱいを飲めるようになるのも時間がかかるらしい。やる気だけはあるのに、なかなか上手くいかなかった。焦っても仕方がない。気長にやろうと思った。

義理の姉が素敵な本をくれた。母親学級の時にも紹介されていた本だ。

〝わたしがあなたを選びました〟

妊娠が分かってからの十か月を思い出し、生きようとする希の姿を想ったら涙があふれた。自分の人生を豊かにしてくれると感じ、決心し、私を母として選んでくれた。希の選びが正しかったと、いつか証明できる日が来るのだろうか。何度考えても、希が生きていることを幸せに思う。この手で抱けること、この手に感じられることの幸せを決して忘れてはいけない。

血液検査の結果は良くも悪くもなかったが、今後は外来受診でも良さそうだと今度こそ退院という話になった。ＮＩＣＵの看護師さんが希に会いに病室を訪ねてきてくれた。退院となったら、ＮＩＣＵの中では一番早い退院になるよと教えてくれた。いよいよ、希が家に帰ってくる。

幸せの言葉

夫は両親と姉の四人家族。愛情をたっぷりと注がれて育ち、家族はとても仲が良かった。私も十九歳で付き合いはじめてからお世話になりっぱなしだ。まだ子どもだった私は、義母や義姉の背中を見て育ったように思う。何も分かっていない小娘に、さぞかし言いたいことは山ほどあっただろう。だが、小言一つ言われたことはない。義父はとても優しく、いつも家族のように快く迎えてくれた。こんな素敵な家族の仲間入りができたことも幸運でしかない。日々、心から感謝している。

入院生活が続く中、義母は何度も病院へ足を運んでくれた。コンビニ弁当や外食ばかりだった私に、とびきり美味しいお弁当を作ってきてくれた。希に付きっきりの私を気遣い、「ちょっと休んできなさい」と代わりに希のそばにいてくれた。シャワールーム近くの椅子に腰かけた。可愛い風呂敷をあけ、お弁当箱のふたを開けた。ひと口、ひと口が優しくて、嬉しくて、泣けてきた。私はいつになったら親孝行できるのだろう。

これは夢なんじゃないかとまた思った。寝不足と疲労で常に頭はぼやけていた。夢なのか、現実なのか。あの頃は、もしかしたら夢がいいなんて思っていたのかもしれない。狭間でいつも揺れていた。

いつだっただろうか。病院の地下にあるフードコーナーで夫と義母と三人で休憩をしていた時、ふと義母が言った「言葉」に私は救われた。

〝マレタイムでいこう〟

その言葉は私の耳を通り、脳を通って、最後に心の奥に沁み込んでいった。そして、私の心と体はじんわりと温まっていった。大好きなホットコーヒーを飲んだ時のような、そんな感覚だった。一番喜ばせたかった人、一番泣かせたくなかった人、一番恩返しがしたかった人。それができなかった自分。どうしようもない現実に、ただ悔しく、悲しむことしかできなかった。そんな大切な義母が言ってくれた言葉に、私は救われたのだ。そうだよ。希のペースで、希の時間でゆっくりやっていけばいい。

荒波が少しずつ、もとの静けさを取り戻してゆく。穏やかに揺れる波は、今にも眠ってしまいそうになるほど心地良い。そして、私に泳ぐ力を与えてくれたのだ。

さぁ、泳ぐぞ。
やっと泳げる。
息ができる。

私は大きな口を開けて、勢い良く、水面へと顔を出した。
日の光は眩しく、目を開けられないほどだった。
息を吸い込み、そして大きく吐いた。

大丈夫、私は生きている。

新生活

三月六日。待ちに待ったこの日が訪れた。希が家に帰ってきた。

肝臓の数値は高かったが、少しでも家族で一緒の時間を過ごしたほうがいいだろうと医師が家へ帰ることを提案してくれた。翌日また受診をして、採血の結果次第では病院に戻る可能性もあった。それでも構わない、布団を並べて眠った。

「お帰りなさい」

おむつを替えて、おっぱいをあげて、お風呂に入れて。夜も大体三時間おきにおっぱいをあげて、その後足りない分のミルクをあげた。急に忙しくなったが、やっと母親としての仕事ができ、喜びのほうが何倍も大きかった。今では一四〇ミリリットルを一回に飲むこともあり、手術したとは思えないほど元気な飲みっぷりだった。泣き声も強く大きくなった。おしゃぶりが嫌な時は首を振って見せ、口を閉じて抵抗したりもした。意思表示がはっきりとしていてびっくりした。

家族から〝希お誕生日おめでとう〟とメッセージ付きの色紙をもらった。家族はどんな思いでこの数か月を過ごしていたのだろうか。姉妹や姪甥も、まだ私が入院中に病院を訪れてくれた。丸いテーブルを囲ったが、私は泣き崩れ、皆うつむいていた。静かで真っ暗な夜の病院に、私の泣く声だけが響いていたのを今なんとなく思い出した。辛かったのは私だけではない。

母はとても嬉しそうに希の世話をし、妹はおそるおそる希を抱いた。祖母が心配して電話をかけてきてくれた。大好きな祖母の声を聞いたら、また涙が出そうになったけれど、これ以上心配はかけられないと、ぐっと堪えた。

昼寝をしている夫と希を眺めながら日記を書いた。なぜだかは分からないが出産前から日記をつけはじめた。今の状況や気持ちを残しておかないといけない。ふとそんな気がして、小学生時代に親友としていた交換日記以来の日記をつけてみることにした。

数日後、肝臓内科の受診予定だったが胸の傷も茶色く変色してしまい、外科も受診することになった。レントゲン撮影なども加わり、結局一日がかりの病院で希も私も、ぐったりと疲れてしまった。夜はなかなか眠れず、夢でも見ているのかうなされているように見えた。肝臓の数値も下がらず、胆道閉鎖症の可能性も疑われはじめていた。十三日の金曜日に再入院し、月曜日からいろいろと検査がはじまることになった。希は一日中眠っており、ほとんど起きなくなっていた。おっぱいを飲む量も減り、看護師が心配して医師を呼んだ。夫は顔色を変えて心配していたが、血液検査の結果は今まで一番良い結果だった。

　希と家で過ごした時間は幸せすぎた。よく飲んで、よく泣いて、よく動いて、よく寝ていた。その一週間は夢のようだった。三時間おきにおむつを替え、おっぱいを飲ませることが楽しくて、楽しくて仕方がない。ソファの前に布団を並べて三人で眠った。最初の二日間はちゃんと息をしているのか心配でほとんど眠れなかった。隣で小さな寝息を立てる。生きていることはこんなにも幸せなのだ。

　再入院して、また夫と二人で眠る日々になった。希が隣にいる幸せを知ってしまった私の心はぽっかりと穴が空いたようで、その寂しさを埋めるために朝から晩まで病院につきっきりで過ごした。病院へ戻ってからはミルクもＭＣＴミルク（脂質吸収障害のある赤ちゃんのため脂質成分としてＭＣＴ（中鎖トリグリセリド）のみを配合したミルク）に変わった。あまり美味しくないので飲まなくなってしまう子もいるというが、ミルクの前に飲む薬もＭＣＴミルクも、表情を変えることなくごくごくと飲んだ。検査の結果も出て胆道閉鎖症ではないことが分かった。心臓の方も変わりなく、ほっとした。私たち夫婦と同世代くらいの循環器の医師がいつも気にかけ、病室の前を通るたびに声をかけてくれた。

担当の看護師も親身になって、いろいろな情報を教えてくれた。

最近、体つきや顔つきもしっかりとしてきたように思う。太ももも少し太くなったような気がするし、抱き心地もぜんぜん違う。ずっしりと重く安定してきた。起きている時は両手足をばたつかせ、力も強い。ものすごくお腹が空いた時は泣くが、ご機嫌な時が多くそれほど泣かなかった。そしてとにかくよく眠っていた。胸の傷も良くなっており、血液検査の結果が良ければまた家へ帰れそうだ。

希が産まれて二か月が経った。そういえば、四月からはじまる朝ドラのタイトルが同じ名前でびっくりした。こんな偶然もあるのかと思ったが、田舎の祖母が名前を覚えやすくなっていいなと思った。

希といると不思議な気持ちになった。それは今も変わらない。うまく言葉にできないけれど、何かとてつもない力を持っているというか、なんとも言えない感覚を感じる。良いことも悪いことも、すべてを受け止め生きる力に変えているように見える。病気のことも、ダウン症を持っていることもそれほど気にならなくなっていた。過ぎゆく時間と、希の成長が心を少しずつ癒してくれていた。

十日後、希が帰ってきた。それからの毎日は慌ただしくも幸せだった。最近はよくしゃべるようになった。「あーあー」とか「うーうー」とか言うので、それに応えて私も話す。自分の手を見つめたり、目で物を追うようになったりしたので、カラフルなベビージムも買った。機嫌のいい時はベビージムに入れると一人で遊び、気がつくとすやすや眠っていた。

四月。

桜が咲いた。気温も二十三度と暖かかった。

寒い冬が終わり、春がやってきた。

私の心も同じように、少しずつぽかぽかとしていった。

ようやく、私たち三人の生活がはじまった。

普通の毎日

保健師さんたちが我が家にやってきた。産まれてからの日々を説明し「大変だったのですね」と言われ、他人事のように大変だったのかと思った。でもこうして穏やかな気持ちで振り返ることができて少し安心した。少しずつで構わない、ちゃんと前に進めているのだから。希は五キログラムになっていた。ミルクと母乳を合わせて一回に二〇〇ミリリットルくらいは飲んでいて、相変わらず力も強い。保健師さんもとても順調だと言ってくれた。うつ伏せにすると頑張って首を上げて見せた。顔にもあまりダウン症の特徴が出ているようには思えない。私だけがそう思っているのかもしれないが、言われなければ分からないのではないかと思う。

天気のいい日は抱っこ紐に入れて近所を散歩するようになった。心臓のこともあるので、人混みには注意しバスや電車もほとんど使わなかった。風に吹かれて目を細め、なんとも言えない表情をする。夫にも抱っこしてもらおう。この顔を見せてあげたいと思った。七つ年の離れた妹がまた遊びに来た。希の横に寝そべり何か二人で話をしている。その姿を眺め、妹が赤ちゃんだった頃を思い出した。まだ姉と二人だった頃、友達の弟や妹の存在がとても羨ましかった。母に言うと「亡くなったおじいちゃんの星に毎日お願いしなさい」と言われた。素直だったあの頃の私は夜になると一番大きく光る星を必死で探し、見つけると胸の前でそっと手を合わせ祈った。来る日も来る日も祈り続けた。妹が産まれた時、飛び上がるほど嬉しかった気持ちを今もはっきりと覚えている。そして小学生だった私は、子どもながらにも妹を守らなければと思った。その純粋な気持ちは希を産んだ時に感じた感覚ととてもよく似ていた。

　生後百日目には、両親たちを招いてお食い初めをした。父はいい気分でギター片手に歌い出した。両親たちの幸せそうな笑顔にほっと安心した。初節句は希の幼馴染家族とその両親とでお祝いをした。夫が子どもたちの兜を色画用紙で作り、私はこいのぼりの形のちらし寿司を作った。幼馴染の兄は相変わらず希を見ると、ほっぺたをすり寄せキスをする。皆に愛されて希は本当に幸せ者だ。

　けれど、幸せな日々はどこか不安だった。慣れていないせいか、今度は何が起こるのだろうと考えてしまう。二回目の心臓手術がとても怖かった。希を失うのではないかという不安からか、時々嫌な夢を見た。希が成長するのは嬉しい。でも同時に不安も大きくなった。先のことを心配するより、今を楽しもう。不安になるたびに言い聞かせ、希のためにできることを探した。

友人夫婦とベビーカーを見に行った。いつの間にか希のイメージカラーはブルーとイエローになっていたが、ダウン症のイメージカラーと同じだったと後で知った。悩みに悩んで結局ブラックとイエローになったが、このベビーカーは四歳になった今でも使っている。

希が産まれてから初めて夫と喧嘩をした。きっかけは予防接種だった。同時接種をどうしようか、いろいろと不安だったのだが夫は書類も見ることなく私に任せっきりだった。希が産まれてからずっと、何かあると〝お母さん〟と言われ、手術の説明も、同意書のサインも、容態が急変すれば一番にお母さんと呼ばれた。突然訪れたお母さん。慣れないその言葉の重みにつぶされそうになる時が多々あった。でもそれと同時に幸せを感じることもたくさんあるのは事実だ。その責任の重みと自分の母親としての大きさが伴っていないことへの苛立ちだったのだと思う。やり場のない不安と苛立ち、今まで溜まっていたものを夫にぶつけてしまった。そんな未熟な私を夫は優しく受け止めてくれた。

「もし希に何かあっても、たとえマキが決めたことでも、最後は全部俺の責任だから」

頼もしいその言葉に安心した。

私は夫に選ばれ、本当に幸運だった。

知ることの大切さ

ダウン症と告知された時、真っ暗な夜の海へと放り出されたような気分だった。力が入らず、どんどん深い海へと落ちていく。息をすることも忘れ、不思議と苦しくはない。困惑する気持ちと、先の見えない不安の中にも客観的に捉える自分がいた。ダウン症とは一体何者なのだろう。ひとしきり泣いた後、携帯電話を手に取り〝ダウン症〟と検索をかけた。

ダウン症候群（Down syndrome）

体細胞の二十一番染色体が通常より一本多く存在し、計三本（トリソミー症）になることで発症する先天性疾患群である。

症状としては、身体的発達の遅延、特徴的な顔つき、軽度の知的障害が特徴である。平均して八歳から九歳の精神年齢に対応する軽度から中度の知的障害であるが、それぞれのばらつきは大きく、現時点で治療法は存在しない。教育と早期ケアによりＱＯ

Lが改善されることが見込まれる。ダウン症はヒトにおいて最も一般的な遺伝子疾患であり、年間一〇〇〇出生あたり一人に現れる。

（Wikipedia 参照）

　同じような顔立ちをした人たちの写真が並び、不安は一層募った。その頃の私はまだSNSにも出会っていなかったので、同じような内容の情報ばかりを繰り返し読み続けた。調べれば調べるほど落ちていく。もう検索はやめにしよう。

　そうは思っても眠れぬ夜は長い。また携帯電話を手に取った。ダウン症、そして自分の住んでいる地域を入れて検索をかけた。すると、染色体疾患の子どもを持つ親の会という内容が出てきた。小さな情報でも構わない、藁にもすがる想いで主催者である助産師の先生へ一通のメールを送った。するとすぐに返事が返ってきた。何度かやりとりが続き、先生は、今の私にできることは母乳を毎日届けることだと教えてくれた。やるべきことを見失っていた私には救いだった。そして最後に、〝退院して落ち着いたら是非参加してください〟と書かれていた。

五月中旬、先生から連絡をもらい初めて親の会に参加した。そこには自分と同じような経験をした母親と小さな子どもたちの姿があった。みんなで輪になり、一人ひとり自己紹介をしていく。妊娠から出産、ダウン症と分かった時の気持ち。辛かった日々。心を開放し、涙ながらに語り合った。そして病院やリハビリ、療育など地域ごとの細かい情報も聞いた。これからここで子育てをしていくのだから、先輩ママが話してくれることすべてがとても勉強になった。知るということはこれほどまでに安心できるものなのか。そして何より、私の話す一言ひとことに頷き、優しく答えてくれた。一人じゃない、たくさんの仲間ができた。ベビーマッサージが発育にいいと先生が手取り足取り教えてくれた。希はよほど気持ちが良かったのか、初めての場所にもリラックスし、そのうちに眠ってしまった。

こうして見るとみんなそれぞれ顔つきは違った。お父さん、お母さんによく似ている。正直、最初はダウン症の顔つきが嫌だった。自分たちに似ていない、みんな同じに見えていた。でもそれは、自分がなんとなくしか見ていなかったのだと気づいた。今では、街で障がい者の方をよく見かけるようになった。実際には見かけるようになったのではなく、私自身が周りをよく見るようになって、気づける人間になったということだ。なんだか自分が情けなく思えた。

希が出会わせてくれる人たち、たくさんの気づきが未熟者の私を少しずつマシな人間へと導いてくれる。こんな私を知ってか、希はここへ舞い降りたのか。

ありがたいことに、乳児期はそれほど発達の遅れを感じることはなかった。体も大きくしっかりとしていたし、四か月になった頃には首も据わりはじめていた。健常だとかダウン症だとか、そんなことはあまり気にならなかった。毎日を丁寧に、こつこつと積み重ねてゆく。ゆっくりでも確実に成長する。いつか話せるようにだってなる。未来を信じてただひたすらに進んでいこう。〝マレタイム〟は希望に満ちあふれていた。

明日で希が産まれてから六か月が経つ。もう半年前が夢のように思えた。出産の喜びを感じたのはたった一日、産んだその日だけだった。それでも暗闇から抜け出し、今こうして生きていることに心から感謝します。本当によく頑張っている。生きる力、負けない強さを毎日見せてくれる。そして、私の想像をいつも軽々と超えてゆく。普通だとか常識だとか、どうやら希には関係ないようだ。

「ぼくは、ぼくだよ」

希がそう言っている。

結局いつも気にしているのは自分だけで、希はいつだって余裕の表情を見せる。

半年にもなると体つきはかなりしっかりとしてきた。最初は感染も心配していたが、予防接種もひと段落し、最近では刺激を求めて積極的に外出をしている。離乳食もはじまって、みるみるうちに目標体重の八キログラムを超えた。そしていよいよ、心臓手術の検査入院がはじまる。

幸せな未来を夢見て

暑い夏がやってきた。十一月に心臓の根治手術が決まり、カテーテル検査で十月中旬に入院をする予定になった。検査でさえも不安は大きかった。希のいる生活が当たり前となった今、手術が近づくにつれ不安と恐怖の波が日に日に大きくなっていった。後ろに下がらないように、止まらないように、無理やり前を向こうとしていた。自分は本当にこの現実を受け入れているのだろうか。分からない。そんな中でも、必死に生きようとしている希の姿は希望だった。生きる力が私を支えてくれていた。こんな小さな息子に支えられ、母として頼りなく、情けなさでいっぱいだった。

八月下旬。長野県上田市にある母の実家へ、祖母や親戚に会いに行った。希は初めての新幹線も泣くことなく、すやすやと気持ち良さそうに眠っていた。起きる頃には到着し、母の兄が駅まで迎えに来てくれていた。こちらは涼しくて、とても穏やかだ。小さい頃は毎年、夏休みと冬休みにここへ来た。産まれた時からずっと東京で暮らしているが、なんだか忙しい時の流れも人混みも、その空気も少し苦手だった。緑が美しい山々、ずっと吸い込んでいたい空気。穏やかな時間の流れと温かい人たちに囲まれたこの場所は、子どもの頃から私の心を癒してくれた。伯父は希を嬉しそうに抱き「ここを田舎と思いなさい」そう言った。親戚も集まり、子どもたちが元気良く駆け回っていてとても賑やかだ。今までと何も変わらないこの風景がとても幸せに思えた。横になる祖母の隣で、希が寝転んだ。見つめ合い祖母が話しかける。

「希は良い子だ、本当に良い子だ」

その姿に嬉しくて泣けてきた。私たちはいつだって幸せ者だ。

寝返りも上手になり、笑ったり怒ったりと表情もとても豊かになってきた。外に出ればよく声をかけられ、太っているとか色白だとか、女の子みたいと言われたがどれも褒め言葉だった。ダウン症の子どもはなかなかおっぱいを吸うのが難しく、赤ちゃんの頃は体重が増えずに苦労している人も多い。だから「太っているね」と言われるのは嬉しい限りだ。

八か月になるとおっぱいももう出なくなってしまっていた。ずっと母乳とミルクの混合で頑張ってきたが、やはり初めからおっぱいを吸えないというのは大きなことだった。でもここまでよく頑張ったと自分を褒めてあげたい。そして三日間の検査入院も無事に終わった。合併症もなく、今までエコーで診てきた内容と同じだった。早ければやはり年内に手術となる。

　検査後三時間は止血のためにベッドに固定されていた。おっぱいも飲んでいないので口はかさかさで、喉も渇いているようだった。体は動かないしおっぱいは飲めない。初めてというくらいに泣き続け、見ているこちらもしんどかった。そして希のいない家はなんだか静かで寂しかった。〝当たり前〟はとても幸せなことだが、その反面とても怖い。希を失うのではないかという恐怖が、私の心のどこかにいるのが分かる。隣にいないことは不安で仕方なかった。明日は退院。また始発のバスに乗って行こう。希が目覚めた時、隣にいたい。

　そういえば希は、ちょっと前に覚えたハイタッチを検査後の朦朧とした意識の中でやって見せた。希は本当に強い。自分なんかよりずっと、ずっと。

　ゆっくりとした成長だが、それでも過ぎゆく時の流れは速かった。子どもの成長の一瞬一瞬を見逃さずにいるのは大変だ。手術の日が刻一刻と近づき、心臓外科、循環器科、歯科、遺伝子科、シナジス（気管支炎・肺炎などの原因になることもあるＲＳウイルスの感染予防に用いられる抗体。米国MedImmue社の商品名）の注射もあり一日を病院で過ごした。心臓外科の執刀医から詳しい説明を受け、改めて手術以外の道はないのだと告げられた。生き抜くために乗り越えなければならない波はいくつもあった。果たして、乗り越えられるのか。祈ることしかできない自分が無力でならなかった。母親でさえも病気の前では無力だ。医師たちに任せるしかない。

不安は計り知れなく、考えれば考えるほど眠れない。息子との幸せな未来を夢見てもいいのだろうか。

君はなぜ、私たちのもとに産まれてきたの。

君のことだからきっと、頑固にお願いしたのね。

この人たちがいい。

僕はこの人たちと共に生きたいのです。

すべてを受け入れた日

最近は酸素の値が八〇から七〇へとだんだん下がりはじめていた。ここ一週間はいつも以上によく眠っていた。希の体はいよいよ限界を迎えていた。

それでも手術前の検査では力強く抵抗した。散々泣いても最後には医師にハイタッチをし、周りを和ませる余裕さえ見せた。ご飯の前はいただきますと胸の前で手を合わせ、万歳と両手をあげると上手に真似をした。にっこりと笑うその姿は可愛くて仕方がなかった。

病室から手術室までの道を抱きながら歩いた。その一歩一歩は重く、何度も止まりそうになる。希はうとうとと眠そうにしていたが、ベッドに下ろすと目を開け、くるりと寝返りを打った。そこにはいつもと変わらない穏やかな表情があった。

「必ず帰ってきてね」

そう言って手を伸ばすといつものハイタッチをしてくれた。手術室の扉が開き、どんどんと小さくなっていく後ろ姿に涙が止まらなかった。

こんな気持ちは、もう二度と味わいたくはない。

今回は個室の家族控室が用意された。手術室へ向かってからすでに五時間が経っていた。夫と母と、ひたすら世間話をして待った。一度ＩＣＵ（集中治療室）の看護師が術後の過ごし方を説明しに来てくれた。

そして、手術が終わって医師が説明に来るのを待った。八時間が経過した。

「うまくできたと思う」

やはり心臓は複雑なつくりになっていたというが、執刀医はやりきったという表情で穏やかに説明してくれた。希の得意なハイタッチを夫と母とした。よく頑張った。

希の容態が急変したのは手術翌日だった。朝、一人で病院へ来ると執刀医が来ていた。手術したところとは別の、太い血管が細いままで元に戻らないという。血の巡りが悪く、もしかしたら再手術が必要になるかもしれないと言われた。会いに行くと、たくさんの管に繋がれ人工呼吸器が助けてくれていた。顔はパンパンに膨らみ、まるで別人のようだった。

朝の面会が終わり、仕事中の夫に連絡をした。一度家に帰り洗濯を済ませ、同じマンションに住む希の幼馴染の家で朝食を食べた。状況を話しながら、希の代わりに幼馴染を抱っこした。幼馴染の兄が遊ぼうとそばに寄ってきたが、時間になってしまいまた病院へと戻った。

十一時頃だっただろうか、希の顔を見てまだ数分も経っていなかったと思う。突然、心肺と血圧が低下し、大きな機械音が鳴り響いた。医師や看護師が一斉に集まり一瞬にしてカーテンが閉められた。

「お母さん、外に出ていいてください」

一人の医師が私に気づきそう言って、面会に来ていた他の人たちも出されてしまった。それは本当にドラマのワンシーンのようで現実とは思えなかった。だが、命の危険は迫っていた。

後ろを向いて足早に出口へと向かった。またあの真っ白な世界が私の脳みそを襲い、待合室のソファに静かに腰を下ろした。膝に両手をそっと置くと、その上に涙がぽとぽとと音を立てるように落ちた。拭っても、拭っても、止まることはなかった。そのうちに体は震えはじめ、「助けて」と心の中で何度も何度も叫んだ。

「もうだめかもしれない」

私は覚悟を決めた。

看護師が心配してか、たびたび様子を見に来てくれた。はっと我に返り、慌てて夫に電話をかけた。

しばらくすると若い医師が来て状況を説明してくれた。心臓がむくんで圧迫されているらしい。「もう一度胸を開きます」と言って急いで戻っていった。その先どうするのかはこれから医師たちが相談して決めると言っていた。

それからはバタバタと過ぎ、記憶が所々抜け落ちている。けれどその時の感覚は手に取るように覚えている。完全に波にのまれていた。もう息はできない。

希が今、自分の身を削ってまでも私に訴えていることがある。弱い心はどうやら見透かされているみたいだ。〝ダウン症〟。頭では分かっていたし、心もついてきていると思っていた。でも私はとてもとても弱かった。障がい者という呼称も、みんな同じように見える顔つきも嫌だった。心のどこかでまだ自分だけがダウン症を持つ息子を特別扱いしている。

一番受け入れられていなかったのは母親である自分だった。情けない。

私は、天を仰いで祈った。
とにかく助けてください。
ダウン症でも構わない。
生きてくれればそれでいい。
お願い、連れていったりしないで。

〝ダウン症〟を心から受け入れた瞬間、心が晴れた。

　心臓は弱っていたものの、胸を開いたことで安定し心臓が止まることはなかった。心臓の外側の筋肉と骨だけを開けたまま皮膚を閉じた状態で、しばらくしてから希に会うことができた。その姿は目を背けたくなるほどだったが、それでも生きようとする力強さを感じ、この目にその姿を焼き付けた。そしてまた一人、執刀医から説明を受け同意書にサインをした。

結局、この日の夕方に緊急手術をすることになった。

夫、母、義母、義姉、妹が来てくれ家族控室で待った。十六時頃からはじまり、医師が来たのは確か二十時頃だったと思う。細くなっていた血管のまわりの筋肉を削り、血管も太くしたという。再手術は成功した。

医師が扉を閉めた瞬間、私は立ち上がり隣に座っていた夫と両手を合わせた。そして「ありがとう」の気持ちを込めて家族一人ひとりとハイタッチをした。

絶対に生き抜いてみせる。絶対に負けたりしない。

希に会えたのは二十二時を過ぎた頃だった。連日の手術がどれほどのものだったか、その姿で分かった。面影がないほどに体はむくみ、頑張ったことが分かる。大と二人、寝ている希の横に並んで腰かけた。真っ暗な中に、この場所だけライトに照らされた光景はなんだかとても不思議だった。静けさの中に機械音だけが鳴り響き、これは夢だ。夢に違いない。涙も言葉も涸れ果てていた。もうこれ以上の大波には耐えられそうもない。私の人生でこれほどの恐怖を味わうことはこの先もきっとないだろう。もう二度と味わいたくはない。

その後、医師たちが思っているほどの回復は見せず不安定な状態が続いていた。それでも数日後には少しずつ眠りを覚まし、呼吸器を抜くことができた。開いた眼は朦朧とし焦点が合っていなかったが、お気に入りのカメのぬいぐるみを見せると無表情で触って見せた。夜、夫とまた面会へ行った。眼の焦点はずっと合わないまま、きょろきょろと辺りを見回している。話しかけても反応せずまるで別人のようで、希が希ではないみたいだった。どうしてしまったのだろう、不安が募った。次の日も様子は変わらなかった。心配になって医師や看護師に聞いてみると時々こういった状況が起こるのだという。脳の検査でも異常は見られなかった。少しパニック状態にあるのかもしれない。また病棟へ移り、時間が経てば状況も変わるだろうと言われた。

そうだよね。

目が覚めたら手足は縛られ動けなくて。

たくさんの管に繋がれていて。

機械音は鳴り響いているし、全身痛くて、喉も渇いている。

パパもママもいなくて。
知らない人がたくさんいて。
なんだか訳が分からないよね。
ごめんね。

私を忘れてしまったのだろうか。母である私でさえも希の心を助けることはできなかった。私を通り越し、遥か遠くを見ている。どこに行ってしまったのか、すべてを閉ざした希の心が空っぽに見えた。私は本当に母親なのだろうか。悔しくて、悔しくて。苦しくて、苦しくてたまらない。けれどどんなに悔しくても、苦しくても現実は現実なのだ。いつだって受け入れるしか道はない。

今、できることはないか、そう思って希の大好きな絵本とおもちゃを持っていくことにした。いつものように六時頃病院に着き、眠る希を眺めた。面会時間のぎりぎりまで話しかけ、歌を歌い、体をさすった。朝の面会は八時で終わる。すぐに家に帰り、掃除、洗濯、ご飯の準備。そしてまた十一時の面会へ向かった。昨日よりも今日、今日よりも明日。少しずつ目に力が入り、焦点も合うようになった。そのうちに〝助けて〟と訴えるようにしっかりと私を見つめ、めそめそと泣いた。希が戻ってきた。二人の時間には絵本を読んだ。大好きなさかなの絵本を二冊。何度も何度も繰り返し読んだ。通り過ぎる看護師が「ママとラブラブね」そう言った。そんな風に見えるのかと、なんだか少し変な気持ちになった。おしっこの管も抜け、ドレーンも四本から二本になった。ベッドも病棟用に変わり、医師たちから少し離れた部屋に移動した。夕方、お世話をしてくれていた看護師さんたちが来て顔色が随分良くなったと話してくれた。

「難しい手術だった、申し訳なかった」と執刀医が言った。希の心臓は予想以上に複雑で、そのために手術にも時間がかかったようだった。

　希は自分の意志でこの世界で生きることを選んだ。この先、またどんな困難が待ち受けようときっと乗り越えてくれるだろうと信じている。命を救ってくれた医師、支えてくれた看護師やたくさんの人たちに心から感謝している。息子を救ってくれてありがとう。この命、大切に、大切に育てていきます。

おかえり

十一月下旬、傷の治りにはまだ時間がかかりそうだったが通院で大丈夫だろうということになり退院できた。もうこれ以上、希を病院に置いておくのが辛かった。少しの音にも敏感に反応し、隣の子どもが少し大きな声を出しただけで泣いていた。昼間も眠れず寝不足状態が続いており、医師や看護師が来ただけで大泣きした。精神的に限界がきているように見えた。希の心が壊れてしまわないかと、それだけが心配だった。

家に帰ってきた希はとても嬉しそうだった。ちゃんと自分の家だと分かっている。まだ傷が痛いのか抱っこを嫌がったが、少しずつ寝返りもするようになっていった。退院後しばらくは夜泣きが続き、怖い夢でも見ているかのようになされる時もあった。

気がつけばもう十二月になっていた。希は少し赤ちゃんに戻ったようにも見えたが、家に帰ってきてからは笑顔も増えた。少しずつ、希のペースで心も体も回復していけばいい。今はとにかくたっぷりの愛情で辛い記憶を少しでも癒せたらと思った。

これからは楽しいことをたくさんしようね。

希にとって初めてのクリスマスがやってきた。こうして家で家族揃って過ごせることがとびきり素敵なプレゼントに思えた。そして今年は私にもサンタさんが来てくれた。

Dear Maki
アナタハコトシイチネンホントウニヨクガンバリマシタ！
ミテイルヒトハミテイマス。
トテモタイヘンダッタデショウ。
ワカッテイマス。

その言葉に、一瞬にして心がほぐれた。
サンタさん、ありがとう。

気がつけば、駆け抜けた一年が終わろうとしていた。

その意味

この冬は暖かかった。お正月も静かに過ぎた頃、希は風邪があっという間に悪化し肺炎になり、私はまたＩＣＵの待合ロビーにいた。手術や面会を待つ人。泣いているママ。ママを抱きしめるパパ。まるで数か月前の自分たちを見ているようで、その抱えきれない苦しみが痛いほど伝わってきた。きっと今年も神様は私たちにたくさんの試練を与えてくれるのだろう。けれど、絶対に負けたりしない。

一週間ほど入院したが、なんとか二十日には退院することができた。そして希は一歳の誕生日を迎えた。手術が成功しなければこの日を迎えることはできなかった。いくつもの奇跡と幸運が重なり、たくさんの人たちに支えられた命が今、私の隣ですやすやと寝息を立てている。なんて幸せなのだろう。

私はなんとなく気づきはじめている。一〇〇〇人に一人の割合で産まれてくる意味を。その道のりはとても長く険しい。途中で引き返してしまう者もいれば、この世に生を享けても途中で波にのまれてしまう者もいる。そんな中でこうして生き抜いた命は本当に奇跡としか言いようがない。今はまだうまく言葉にはできないけれど、希が産まれてきたことは少なくとも私にはとても意味のあることだった。私には希が必要で、希でないとだめだった。産まれてきた息子を育てる以外の選択肢なんてどこにもない。懸命に生きようとする我が子と共に生きる。それしかなかったけれど、それで良かったのだと思う。私は何を恐れていたのだろう。何に怯えていたのか。こんな幸せな世界を知れた私は最強じゃないかと、今はそんな風に思えるようになった。それはゆっくりと、でも確実に積み重ねてきた毎日のおかげかもしれない。そして、死を意識しながら生きるのは苦しいが、同時に幸せであるということも知った。〝生きる〟をより強く感じることができる。強く、優しく、そして楽しく生き抜くことが私たちに与えられた使命なのだと思う。

「今日の君と、今日の私で、最高にハッピーな一日にしよう」

二歳の誕生日は海辺でお祝いをした。真冬の澄んだ空を何気なく写真に撮ったら、雲が綺麗に二つに分かれて道ができていた。なんだかとても不思議な気持ちになって、この道を進んだら何かものすごく素敵なものに出会える気がして、夫と希と歩む未来にドキドキわくわくした。不安も悲しみも、時に悔しさも。希望に変えて幸せを願えば、必ず幸せになれる。毎日笑って、とにかく笑って。小さな気づきに幸せを感じる。満タンになった心からあふれる笑顔、あふれる愛情はまた別の誰かへと届き、隣にいる誰かにも優しくなれるのではないか。大切な人を幸せにできるかもしれない。今の私はそんな風に生きたいと思っている。

人との繋がり

時が経ち、あの頃よりも今の方が心は軽く穏やかで、ざわざわしたりはしない。時が経つのは寂しさもあるけれど、それ以上の喜びがある。一〇で感じる幸せを一〇〇で感じる毎日は素晴らしく、時が心を癒してくれるのはとてもありがたかった。思い出して涙が出るのは、今が満ちている証拠だろうか。薄れていく記憶をこうして呼び戻し、隣でぐっすりと眠る姿にほっとする。当たり前なんてどこにもない。

季節の移り変わりを感じ、空を見上げる。大きく息を吸い、ゆっくりと吐く。そして隣にいる誰かと笑い合う。そんな普通の毎日が当たり前ではないと知った。希は毎日、私に教えてくれる。

二年が過ぎた頃、相変わらず通院はあるものの生活は落ち着き、私の心も静けさを取り戻していた。時間にゆとりもでき、ふと思い立ってInstagramをはじめることにした。最初は友達の投稿を見たいという気持ちからだったが、そのうちに希との日常を投稿するようになった。すると少しずつ人と人とが繋がりはじめ、たくさんの家族の幸せの形を見るようになった。障がいや病気と闘いながらも、笑顔で生きる家族の姿にとても勇気をもらった。もっとはやくに出会っていたかったたと思った。それから、たくさんの人たちからメッセージをもらうようになり、同じダウン症児を育てる家族、自身が障がい者であるという人からも連絡がくるようになった。

希くんの笑顔に癒されました。
告知を受けショックで泣いている時、希くんの写真が目に留まりました。
家族の明るさや温かさに幸せな日々があることを知り、勇気が出ました。

あの頃の自分を思い出し、辛い時に少しでも笑えたらどんなに救われるだろうか。幸せの形を知ることは勇気となり希望となる。希の笑顔が誰かに届くなら、一瞬でも一秒でも、涙が笑顔に変わるなら。そこに、希が産まれてきた意味がまた一つあるのではないか。そう思えることはとても幸せなことだと思う。いろいろなものを超えて、人と人とが繋がることもまた幸せに思えた。

共に生きる

母は今、保育園で看護師として働いている。たくさんの子どもたちに囲まれて過ごす日々の中で、何を感じ、何を想うのだろうか。

昼寝をしている希を二人で眺めながら、母も大好きなコーヒーを向かい合って飲んだ。ずっと聞けなかったことを三年が経った今聞いてみた。希が産まれた時、ダウン症だと分かった時、母はどんな気持ちだったのだろうか。目にいっぱいの涙を浮かべて母が静かに言った。

「なぜ、あなたなの」「なぜ、あなたが選ばれたの」

その瞬間は何も考えられなかったと言った。でもそのうちに、娘のためにできることはないか、母である自分にできることを必死に探したという。私も同じ気持ちだった。希のためにできることを必死で探していた。とにかく前向きに生きようと思う母の姿は強く、逞しかった。これが私の目指す母の姿だと思った。どれほど楽しみにしていた孫の出産だったことか。辛い思いをさせてしまい、たくさんの涙を流させてしまった。親不孝な娘だと悔しくて泣いた日々も、今となっては良い思い出だ。

「あなたたちが大切に育てている希ちゃんだから、みんなに愛されているのよ」

その優しい言葉に母の愛を感じる。小さな体をぎゅっと抱きしめ、可愛い可愛いと頬をすり寄せる。一緒に絵本を読み、一緒にアイスクリームを食べ、満面の笑みを浮かべている。親孝行できたのかもしれない。

辛かったのは私だけじゃない。
共に生きようと決めたのは私だけじゃない。
繋がっていく命を大切にしよう。

おもしろい世界

希は四歳になった。笑顔いっぱいの写真が撮れない、慌ただしくも穏やかな朝が今日もやってきた。

「ママ！　ママ！　ドンシタイ！」

保育園に向かう朝、ヨーイドンと一緒に走ろうと誘われる。時間ぎりぎりまで付き合う毎日にも随分と慣れた。少しの言葉と独自のサインを駆使し、自分の想いを伝えるようになった。発達の中でも言葉は特にゆっくりで、伝えたいことの半分も伝えられてはいないと思う。それはまるで英語の話せない日本人が外国に一人で行くようなものだ。そんな毎日の中でもとびきりの笑顔で、愛する人たちに囲まれ、愛にあふれた毎日を過ごしている。私たちの気づかない音や匂いを敏感に感じ取り、五感はいつも心を躍らせているよう。そんな姿は尊敬するほどに強く、逞しく、そして優しい。

保育園からの帰り道、まだ明るい空を見上げ、

「アッタ！」

と月を指差した。少し歩いた先の駐輪場でまた、

「アッタ！　イッショ！」

自転車を走らせると、後部シートから身を乗り出し、

「ママ！　イーッパイ！」

と両手で円を描き、月がいっぱいあると言った。


月は一つしかないものだと私たちは当たり前に思っている。けれどそんな風に感じているのかと、自転車を停め私も同じ空を見上げた。

こんなにもおもしろい世界を知れた私は、やっぱり最強だと思う。

泣いているあなたへ

この原稿を書き終えたのは新たな手術の前夜だった。付き添いを夫に頼み、一人私は誰もいない我が家へと帰った。静まり返った部屋の電気をつけ、テレビをつけると〝明石家さんま〟が大きな口を開けて爆笑していた。そのボリュームの大きさにびっくりして慌てて音量を下げたが、なんだか少しほっとした。

この世界は今日も、何も変わらずに動き続けている。

お風呂に入り、洗濯をし、ご飯を食べ、パソコンを開いた。読み返すとまた胸が熱くなった。午前一時、「ふーっ」と息を吐きパソコンを閉じた。ベッドに横になると、一瞬にして朝がやってきた。

始発より何本か後のバスをスーツ姿の人たちに紛れて待った。バスが走り出すと、そこには何一つ変わらない風景があって、見上げた空は雲に覆われていた。今にも泣き出しそうな空を眺めて、胸がいっぱいになった。校庭に、元気に泳ぐ鯉のぼりを見つけ思わず口を〝あっ〟と開けた。

〝お父さん、お母さん、子どもたちがおもしろそうに泳いでいる〟

緑色がとてもきれいな坂道を登ると病院が見えてきた。二人はよく眠れただろうか。足早に病棟へと向かった。

私に気づいた希は、嬉しそうに目尻を下げる。私の目尻も自然と下がるのが分かった。手術はトップバッターの八時四十五分からで、その前に少し落ち着かせるための薬を飲んだ。うとうととベッドに横になると、両手で私の顔をぐいっと引き寄せた。顔を近づけ、話をした。すると、家族の名前を小さな声で呼びはじめた。

どんな気持ちでいるのだろうか。母親である私にも、希の心の奥底は分からない。けれど少しでも安心して臨めるようにと、希の心に添えるよう努めた。

大丈夫、みんながついている。

手術室へと送り出す。ゆっくりと進むその景色と匂いが、あの頃の記憶をどんどん甦らせる。看護師さんが「希くん、大きくなりましたね」と優しく言った。あの頃お世話になっていた看護師さんがまだ数人残っていて、希に会いに病室を訪ねてくれる人もいた。

あの頃と同じようにまた、少し大きくなった手にタッチをした。だんだんと小さくなっていく希の姿が、いつもより不安そうに私たちを見つめていた。それでも医師に名前を聞かれると「マレデス」と言った。微かに聞こえたその声は、立派で頼もしかった。そして静かに手術室の扉が閉まった。

「成長したなぁ」

目頭が熱くなり、胸がいっぱいになった。希はこんなにも成長しているのに、私はあの頃と何も変わっていない。それでも、ほんの少し変わったことがあるとすれば、乗り越えていく力に幸せが宿るということを、知っていることかもしれない。


〝過酷な状況の中にだって、たくさんの幸せが散りばめられている〟


予定通りの四時間が過ぎると、希は私たちの元へ帰ってきた。全身麻酔の影響もあってか、痛みと吐き気に苦しむ姿があった。それでも、私たちを見つけるとゆっくりと手を伸ばした。

その晩、希が初めて私に〝辛い〟と訴えた。傷跡の痛みばかりを心配していた私だったが、本当に痛かったのは希の心だった。眠れぬ夜は希を苦しめていた。大きくなった希を抱え、外が見えるソファに腰を下ろし、眩しすぎる夜空を眺め、抱き合って二人で泣いた。

希はいつも、自分の心と体を犠牲にして私に教えてくれる。

「ありがとう」そう言うと、希が大粒の涙を流して「うん」と頷いた。

小さな額を撫で、そっとキスをした。

そして静かに眠った。


もしも泣いているママがいたら。

大丈夫。

私もこんなに泣きました。

こんなに、こんなに泣きました。

それでも。

涙の種はたくさんの芽を出し、今日もたくさんの花を咲かせています。

虹色の花は咲くのかな。

今か今かと。

毎日を楽しみながら、わくわくしながら待っています。

今、あなたに起きていることすべてに。
大切な意味と、幸せに気づくチャンスが詰まっているはずです。
一緒に、幸せを願いましょう。
一緒に、幸せに気づく努力をしましょう。

今、この瞬間。
泣いているあなたにも。
たくさんの幸せが降り注ぎますように。

There is always hope

いつだって希望はある

バンクシーの代表作「風船と少女」はストレートに愛や希望、無邪気さを描いた作品。もともとは02年、ロンドン市内の壁に描かれたが、すぐに上書きされ清掃されてしまった。ほぼ同じモチーフが04年にロンドン市内のテムズ川沿いに描かれ、横にはおそらく第三者の手によってこの言葉が書き足された。

希望に満ちあふれた未来へ

平成三十一年、四月。

新しい年号は〝令和〟に決まった。平成最後の寒波が襲い、今年の桜は入学式まで持つほど長く咲いた。まだ少し冷たい風を感じ、桜吹雪の舞う、ピンク色がとても綺麗なその景色の中で、今日も私は自転車を走らせている。

最近、希が所々を上手に真似して歌う、この歌を口ずさみながら。

私からあなたへ
この歌を届けよう
広い世界にたった一人の
私の好きなあなたへ

年老いたあなたへ

この歌を届けよう
心優しく育ててくれた
お礼代わりにこの歌を

ゆっくりと丁寧に過ごす日々は、普通なら見逃してしまいそうになる小さな出来事にも気づかせてくれる。思いもよらぬ出来事の数々も大変だと思えば大変だが、それ以上の幸せを運んでくれる。私は二つの海の真ん中で、今日も優しい笑顔に包まれ、もう流した涙の数以上の幸せが降り注いでいる。

そしてたくさんの人の支えが、私をどんどん幸運な人生へと導いてくれている。

今日も〝イーッパイ〟の幸せが。
私に降り注いでいるのはきっと。
夫と、希と。
愛にあふれた、たくさんの人たちのおかげです。
心から、ありがとう。

こうして蒔いたたくさんの涙の種は少しずつ芽を出しはじめ、色とりどりの花を咲かせている。ゆっくりと丁寧に歩む〝マレタイム〟は私にぴったりだ。ただ普通の毎日が本当に愛おしい。一日一日をこなしていく日々。叫びたくなる毎日の中にだって、たくさんの幸せが詰まっている。笑って、怒って、泣いて、抱きしめたくなる毎日が、私に〝生きる〟を与えてくれている。

「おばあちゃんになるのはまだ早いかな」

幸せとは何か。それは人それぞれで、考え方や環境によっても違うのは当然のこと。だけれど誰にだって同じようにチャンスはあるのだと思う。毎日の小さな気づきに幸せを感じ、生きる喜びを噛みしめる。

愛があふれる一日に。
明日も、抱きしめたくなる一日にしよう。

うん、大丈夫。きっとなる。
未来は希望に満ちあふれているから。

（おわり）

海くんへ

あなたに出会えた私は幸運でした。

あなたの優しさと深い愛情は
私の心をほぐし、癒し、いつも満タンにしてくれます。
想像を遥かに超えた暗闇も
あなたとだからその先へ進むことができた。
小さな光も見逃すことなく、安心して
力いっぱい泳ぐことができた。
この先、またどんな困難が待ち受けようと
あなたとなら必ず乗り越えられる。
乗り越えてみせるよね。
あなたといればいつだって、どこにいたって
ありのままの私でいられる。

私は毎日、最高に楽しくて
ずっと、ずっと幸せです。

ありがとう。
愛しています。

希へ

今日も最高にハッピーですか？

こんなにもおもしろく、色とりどり豊かな
素晴らしい世界を見せてくれてありがとう。
あなたの母になれてとても幸せです。

これから先もずっと、ずっと。
自由に心躍らせて、導くままに
あなたらしく
どうか、生き抜いて。

いつだってそばで、抱きしめてあげるから。

ありがとう。
愛してるよ。

虹色の花
一緒に見ようね。

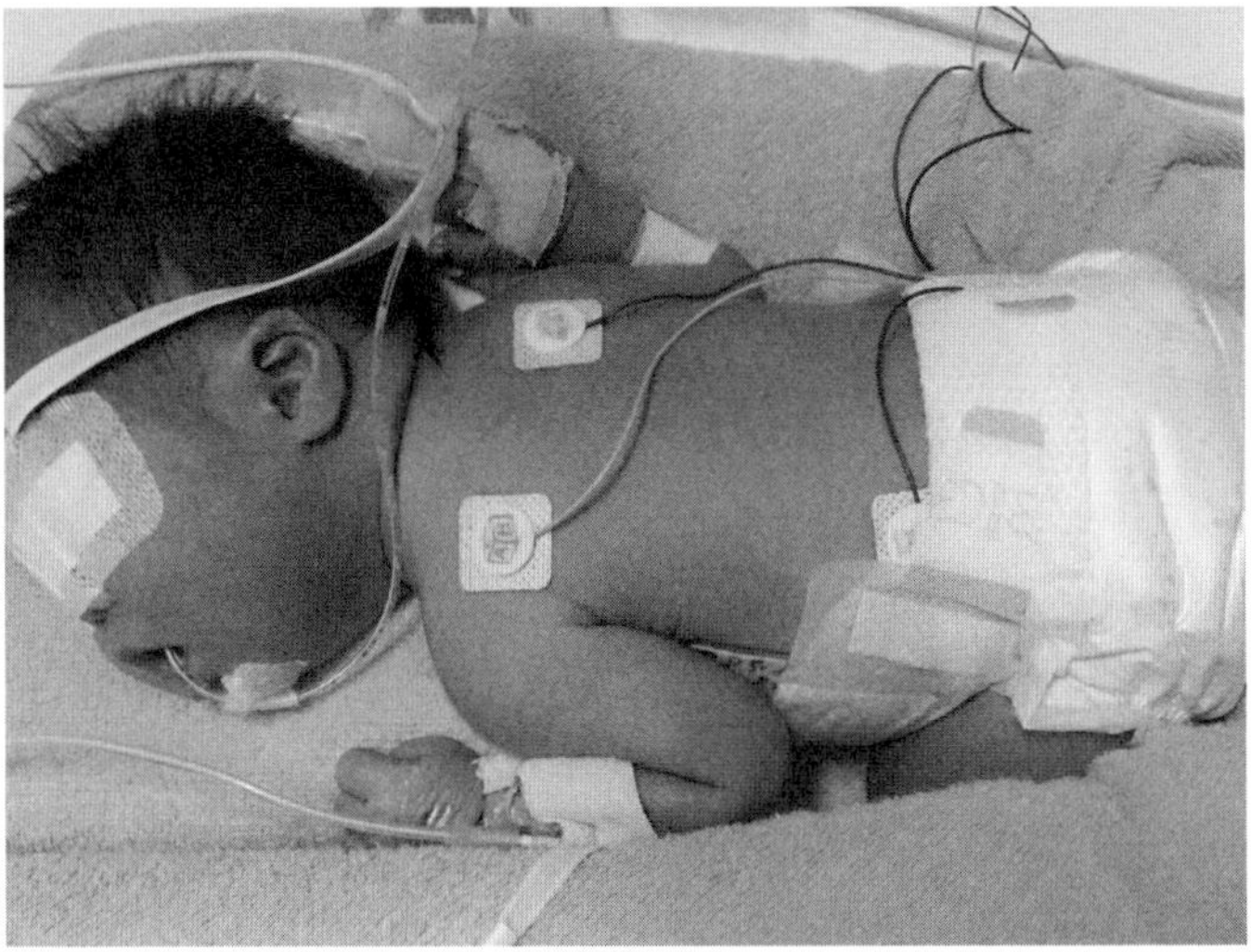

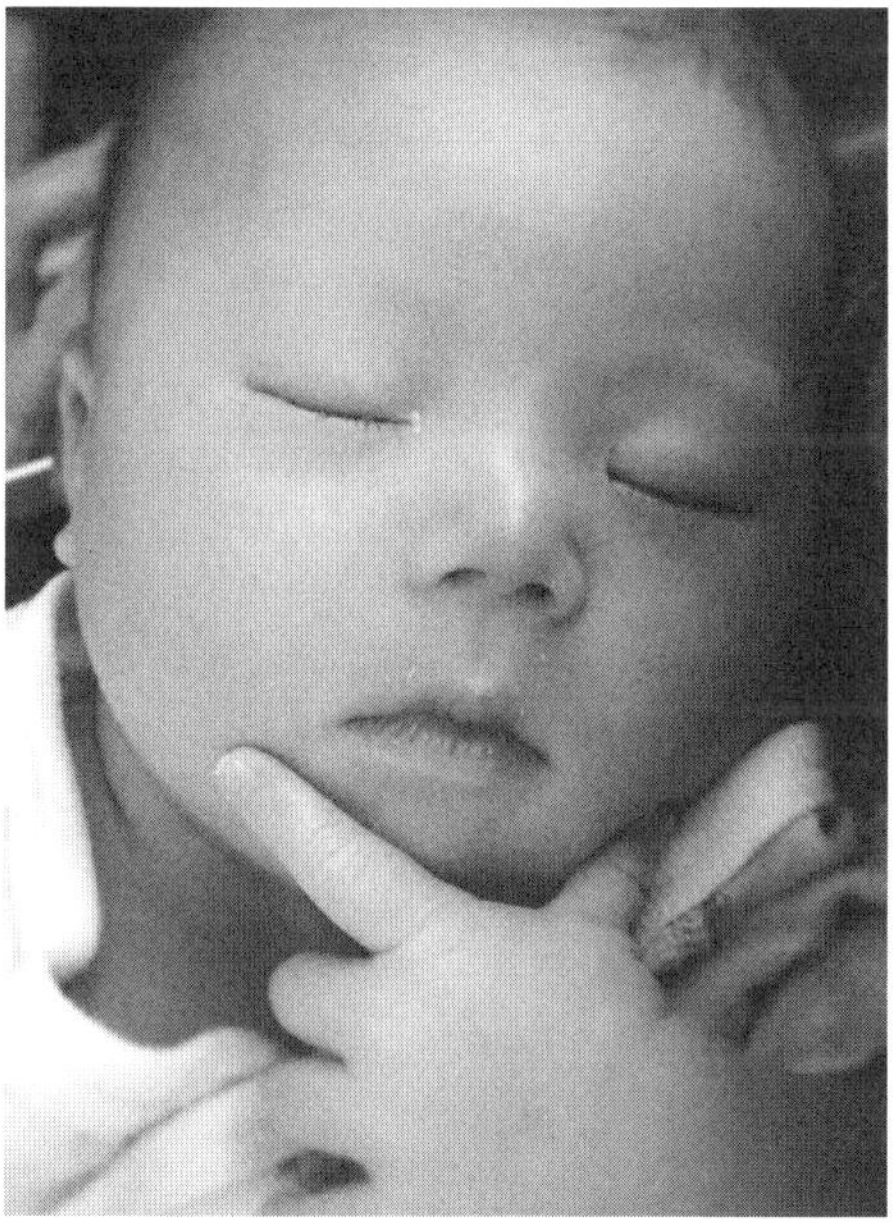

2015

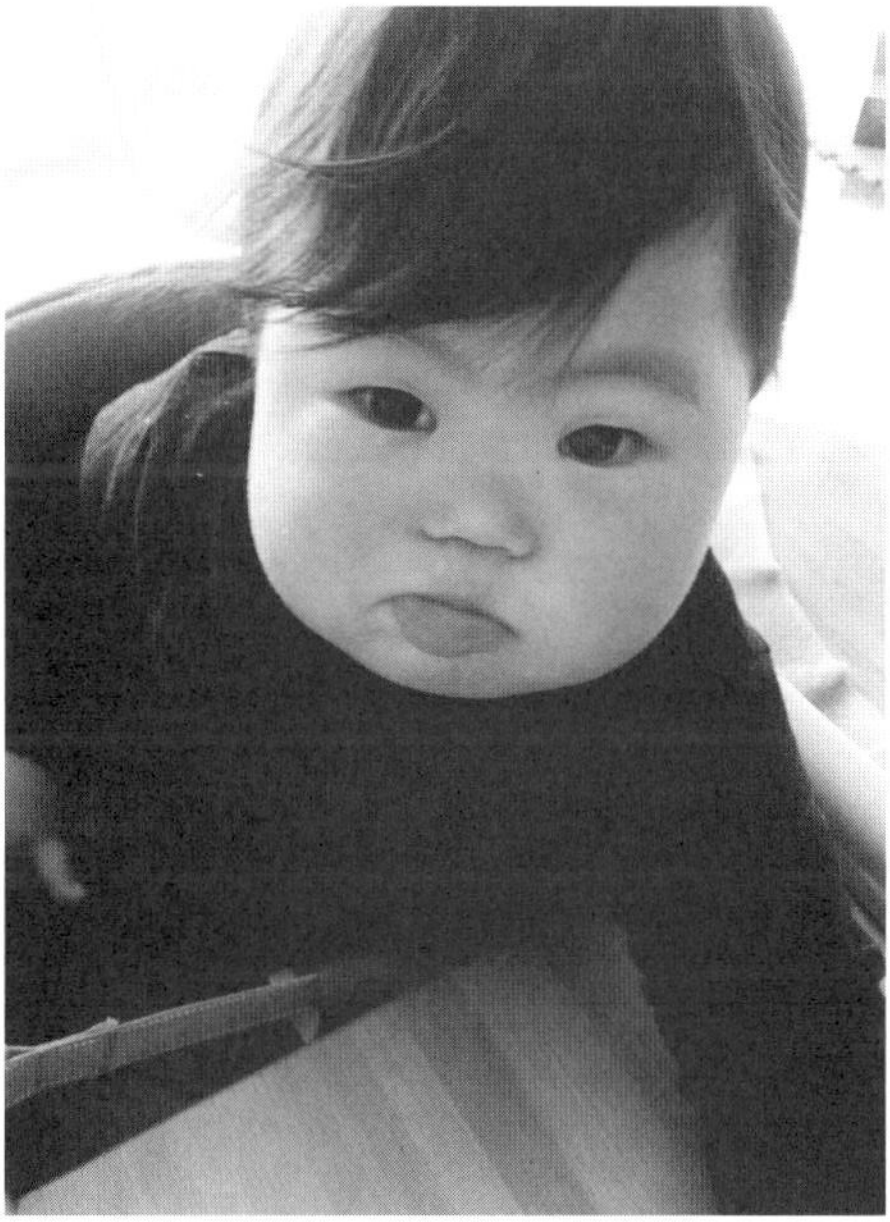

2016

2017

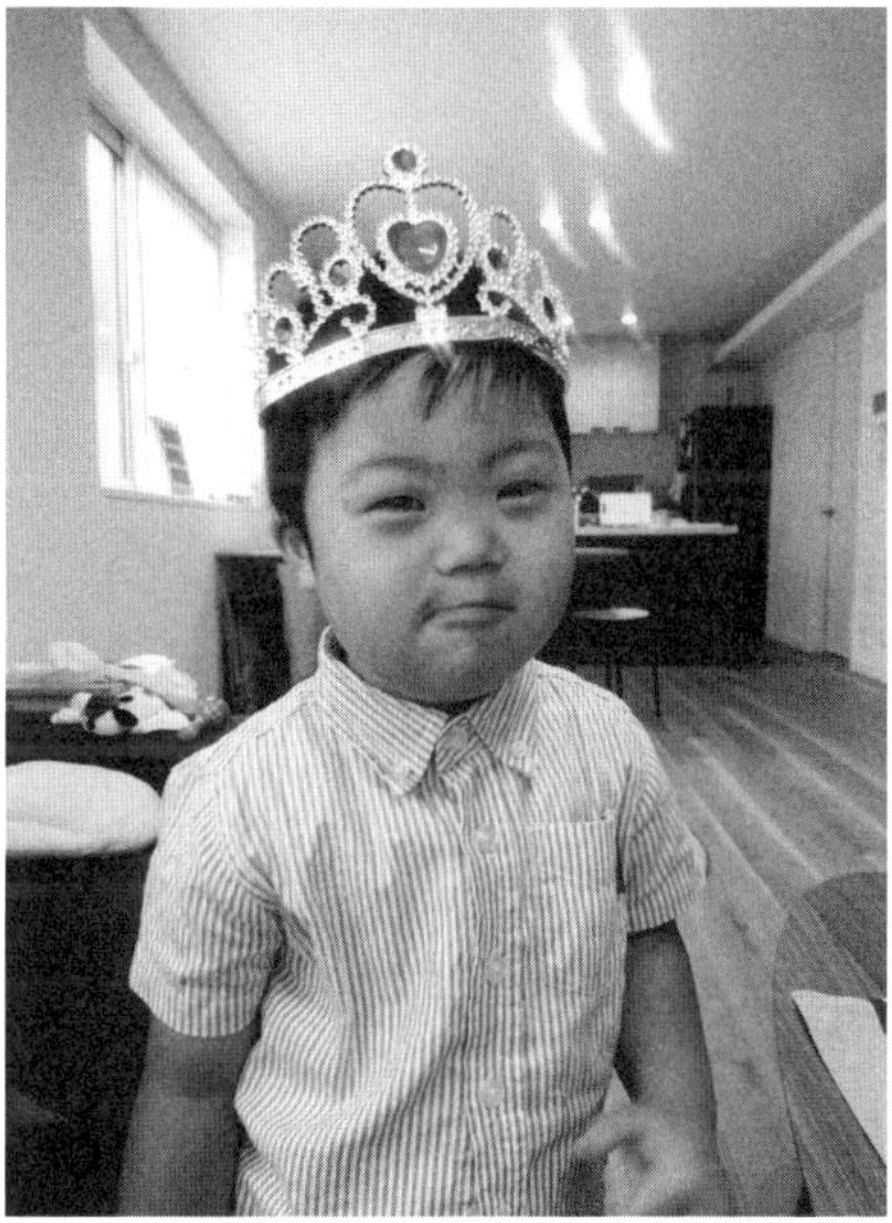

2018

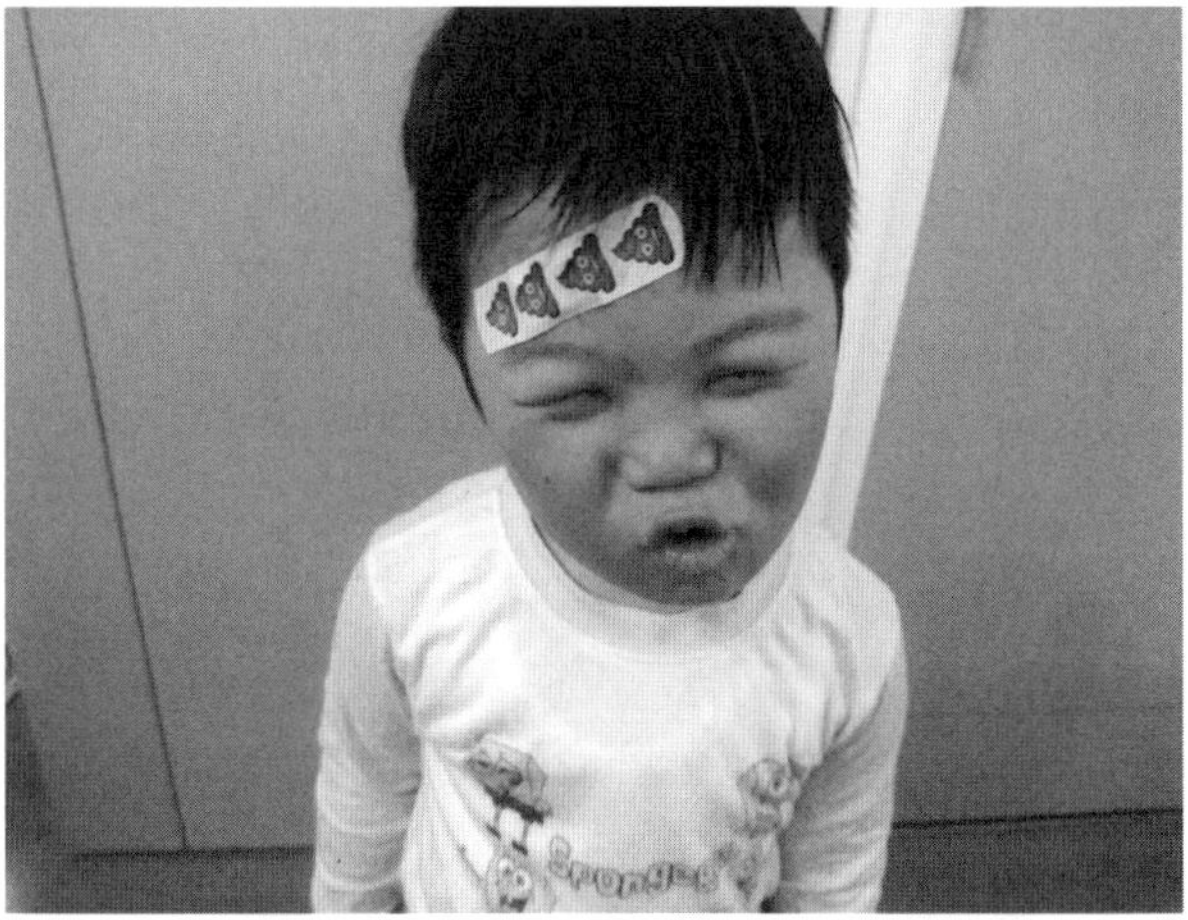

2019

2020

あめふりなぼくと

あめふりなぼくと
もう一度
手を繋いでくれますか?
もし、願いが叶うなら
もう一度
あなたに抱かれて眠りたい

波打ち際の冷たい風の強さにも
帰り道に咲く優しい花にも
嬉しそうに笑うぼくを感じてほしい

それでも会いたいと願うなら
今宵、一番輝く星を見つけて

夜空にキスしてよ
あめふりなぼくに想いを寄せて

泣いてもいいよ
泣いてもいいよ
流した涙の数以上の幸せを
ぼくがあなたに降らせます
幸せの雨を降らせます

どしゃ降りの雨に打たれて
涙を流したっていいじゃない
凍える手をぎゅっと握って
泣き叫んだっていいじゃない

その悲しみも、抱えきれぬ悔しさも

ぼくがぜんぶ洗い流してあげるから
だってぼくはあめふりなぼくだから

雲の切れ間に続く道を
光こぼれる幸せの彼方へ
あめふりなぼくが
愛にあふれた穏やかなあなたを
まだ見ぬ世界へ
さそってあげるよ

いつだって
あなたの優しい笑顔を
抱きしめているよ

ぼくは今、ここにいるよ

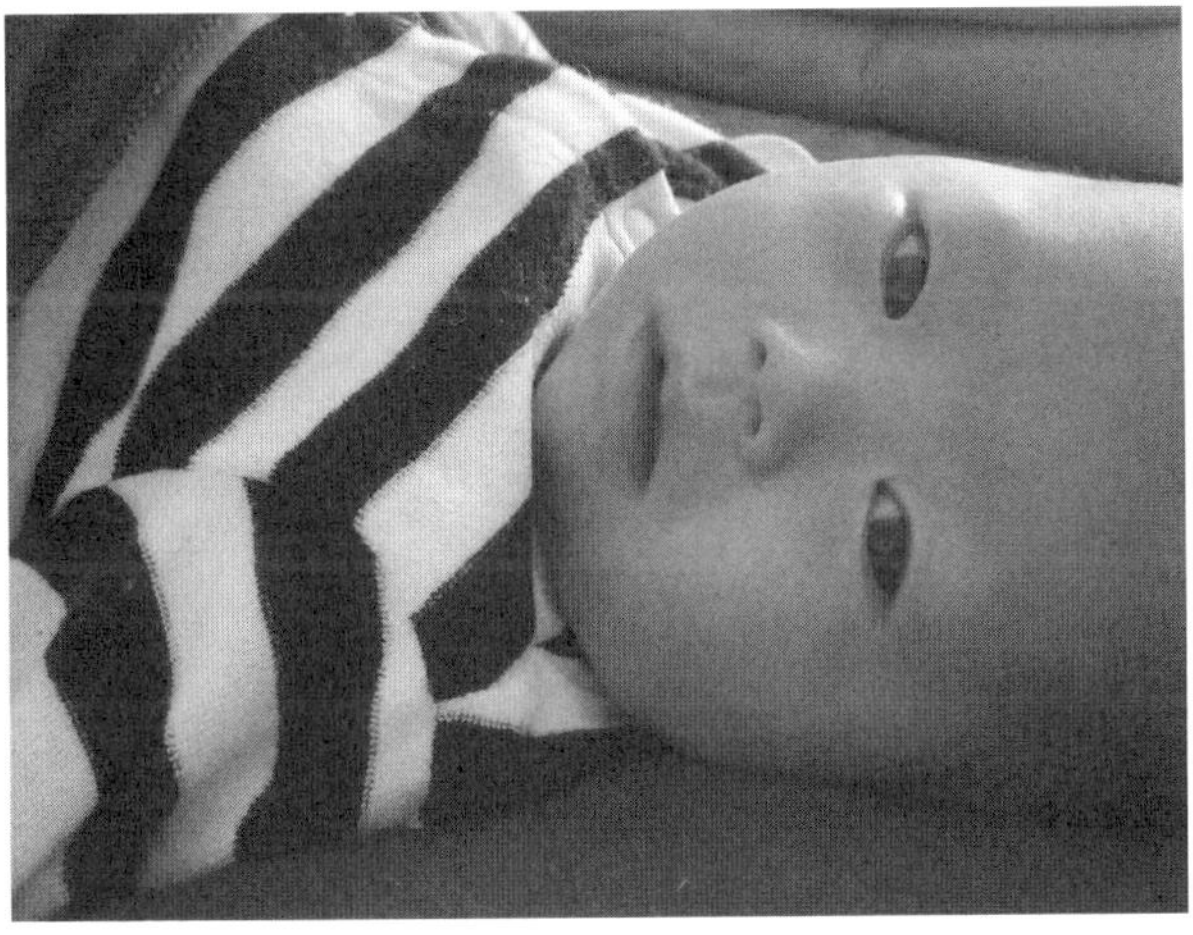

あふれる愛情を君に

二〇一九年、亥年の年女。

今年、三十六歳の厄年を迎えるにあたり私は自分自身に誓いを立てた。

これまでの人生の中で未だ経験したことがないこと、ずっとやろうと思いながらも後回しにしてやらずにきたこと、どんなことにも前向きにチャレンジしてみよう。不思議とそんな気持ちになった。

年明け早々、希の誕生日に行った新潟でスキーに初挑戦した。大雑把な自分には無理だろうと、苦手だと思い込んでいたパンやお菓子作りにもチャレンジした。やらなきゃと思いながらも後回しにしていた家中の収納の見直しや、子ども部屋の棚の取り付けも重い腰をあげてやった。

そして、一番やらなくてはと思っていたこと。それが、自分自身に起きたこの一連の出来事を整理することだった。

一歩ではなく、十歩も百歩も前に進みたい。

過去に浸るのはもう、おしまいにしよう。

もっと先の、もっともっと先へ進みたい。


いつもInstagramを見てくれている義父が「マキちゃん本が書けるよ」といつの日か話してくれたことを思い出した。そうだ、本を書くように整理してみよう。


私は当時の日記を軽い気持ちで開き、久しぶりに読み返した。

けれど、過去を思い出し記憶を蘇らせることは、想像を遥かに超える暗闇だった。何度も日記を開いては閉じ、開いては閉じを繰り返しながらパソコンと向かい合った。それでも書き進めるうちに、心にある言葉を自由に繋ぐ作業は心地良く、次第に楽しくなっていった。

それはまるで大声で歌っているような爽快感だった。

そして、私一人ではなく大勢の誰かと書いているような不思議な気持ちになった。

次々と湧き出る言葉はもしかしたら、闘い抜いたたくさんの命のおかげかもしれない。その命に想いを寄せながら、言葉に願いを込めた。

希が眠ってからの三時間ほどを執筆にあて、一週間も経たないくらいで一気に書き上げた。伝えたい想いは身体中からあふれだし、いつも頭の中は伝えたい言葉たちでいっぱいだった。苦しい気持ちと楽しい気持ちが入り交じり、それは今までに感じたことのない不思議な心の揺らぎだった。

過去と向き合うことは、希望に満ちあふれた未来を切り開く近道なのかもしれない。

書き終えた私はまるで、空気の抜けた風船のようだった。やりきったという気持ちは、次第に知らない誰かにも読んでもらいたいという強い想いに変わっていった。

そして導かれるように、この〝人生十人十色〟コンクールに出会い、私の人生がまた静かに動き出した。

　二〇二〇年、東京オリンピック・パラリンピックが開催される。この記念すべき年に、本という形で出会ったことのない誰かに届くことは本当に幸せなことだと思う。考えただけでもドキドキが止まらない。自分の心の中を覗かれるような少し恥ずかしい気持ちもあるが、これが私のありのままの人生。弱い自分と向き合い、闘ったその姿を真っ直ぐに見てほしい。そして、希の力強く生きる姿、きらきらと輝く笑顔から、涙が希望に変わることが伝わったら、本当に嬉しい。

　私はごく普通の主婦で、誇れるようなものもなければ、自慢できるようなことも何一つ持っていない。自分で言うのもなんだが〝普通〟という言葉が一番しっくりとくる人生だった。

　希が産まれたからといって、新しい世界を知ることができたからと言って、何も持っていない自分に変わりはない。誇れるのは息子であり、決して自分ではない。そんな私だけれど、私自身はそんな自分をけっこう気に入っている。何もない自分が意外と好きだ。そう思って過ごしていた日々だったが、私でも自信を持って言える特別なものがあるのではないかと気づく瞬間に、子育てをする中で何度も出会った。自分が思っている以上にたくさん持っていることを知ったのは、希がもっともっとと、私に囁くからだ。

もっとほしい。もっと、もっと。

そのたびに、自分からあふれ出るこの温かい感情を認識した。

そうか、私もたくさんもらってきたからか。

今までの人生を振り返りながら、私を愛してくれた人、支えてくれた人たちを想った。こうして今、私が希に惜しみなく注ぐことができているものは、気づかぬうちに私の中にたっぷりと貯まっていた愛情だ。

私から君に
君から、たくさんの人へ
届くといいな

二人を愛することこそが
私の人生そのものではないかと
そう思えることもまた
幸せに思う

最後まで読んでくださり、心から感謝いたします。

（ほんとうに、おわり）

Thank you !

著者プロフィール

佐々木 真紀（ささき まき）

1983年、東京都に三姉妹の次女として生まれる。

2015年に第一子となる男の子を出産。現在は、ダウン症を持って産まれた希と“普通の毎日”を心から楽しみ、幸せな日々を過ごしている。

Instagram「mare.time」配信中！

マレタイム

2020年4月15日　初版第1刷発行

著　者　佐々木 真紀
発行者　瓜谷 綱延
発行所　株式会社文芸社
〒160-0022　東京都新宿区新宿1－10－1
電話　03-5369-3060（代表）
03-5369-2299（販売）

印刷所　図書印刷株式会社

ISBN978-4-286-21508-2　JASRAC 出2000315－001